KB072657

Sanctum
생텀

이영균 장편 소설

FUSION FANTASTIC STORY

생텀 2

이영균 장편 소설

초판 1쇄 찍은 날 § 2014년 7월 3일
초판 1쇄 펴낸 날 § 2014년 7월 11일

지은이 § 이영균
펴낸이 § 서경석

편집부장 § 권태완
편집책임 § 박가연

펴낸곳 § 도서출판 청어람
등록번호 § 제387-1999-000006호
등록일자 § 1999. 5. 31
어람번호 § 제1-1889호

주소 § 경기도 부천시 원미구·부일로 483번길 40 서경B/D 3F (우) 420-822
전화 § 032-656-4452 팩스 § 032-656-4453
http://www.chungeoram.com
E-mail § chungeorambook@daum.net

ISBN 979-11-316-9107-6 04810
ISBN 979-11-316-9105-2 (세트)

생텀

이영균 장편 소설

FUSION FANTASTIC STORY

2

도서출판
책
람

Contents

제12장

카이탁

분명 목이 잘렸다.

그런데 목이 잘린 시체가 일어난다.

시체의 손에는 목이 들려 있다.

황당하다는 말도 사치다.

무혁은 욕설을 내뱉었다.

그러나 그 욕설은 입을 벗어나지 못했다.

그것은 두려움 때문이었다.

'저 괴물은 뭐냐고~! 젠장!'

카이탁의 머리가 감정 없이 단조로운 음성을 내뱉었다.

"배. 반. 의. 대. 가. 는. 죽. 음. 뿐. 이. 다."

공포에 질린 인간은 무작정 도망치거나 미친 척 반항하는 둘 중 하나의 선택을 하게 된다.

무혁은 후자였다.

"죽음 좋아하시네."

글록을 빼 든 무혁은 방아쇠를 당겼다.

탕!

탕!

탕!

…….

5초 이내에 카이탁의 머리에 .40 S&W 탄 13발이 집중됐다.

동시에 세바스찬이 던진 단검이 붉은 오러를 품고 목 없는 카이탁의 심장을 관통했다.

무혁은 이번만큼은 카이탁의 죽음을 의심하지 않았다.

그러나 무혁의 생각은 보기 좋게 빗나갔다.

스스스스.

카이탁의 몸이 검은 안개로 변하기 시작했다.

"오. 러. 능. 력. 자. 가. 지. 구. 에. 있. 는. 지. 몰. 라. 서. 방. 심. 했. 다. 하. 지. 만. 이. 제. 는. 아. 니. 다. 너. 희. 에. 게. 투. 르. 칸. 신. 의. 축. 복. 을. 내. 려. 주. 겠. 다."

살아 있는 육신이 연기로 변할 수 있다고 말하면 미쳤다고 할 것이다.

하지만 현실이 그랬다.

무혁은 자신도 모르게 뒷걸음쳤다.

그런 무혁의 앞으로 나서는 사람이 있었다.

"그렇게는 둘 수 없어요."

로미였다.

로미는 황금홀을 치켜들며 소리쳤다.

"삶을 관장하시는 위대한 유리아 여신이여~ 죽음의 종이 자신의 신의 품에 안기게 하소서."

스팟~!

홀에서 뿜어져 나온 백색 광선이 반쯤 검은 안개로 변한 카이탁의 몸을 절반으로 갈랐다.

어떻게 보면 몸이 쪼개지는 것처럼 보였고 또 어떻게 보면 연기를 혹 하고 불어 흩날리게 하는 것처럼도 보였다.

어쨌든 반으로 갈린 카이탁이 비명을 질렀다.

꾸에에에엑!

"아. 니. 어. 떻. 게. 이. 곳. 에. 유. 리. 아. 의. 창. 녀. 가……."

카이탁의 음성 속에는 놀라움이라기보다는 오히려 반가움의 감정이 느껴졌다.

'왜?'

이해할 수 없었다.

'어째서?'

생각은 이어지지 않았다.

로미의 백색 광선은 카이탁에게 심대한 타격을 준 것 같았다.

갈라진 몸은 급속도로 연기로 변했고 바람에 날리기 시작했다.

꾸에에엑!

"좋. 아. 좋. 아. 모. 든. 일. 은. 투. 르. 칸. 님. 의. 말. 씀. 대. 로. 이. 뤄. 질. 것. 이. 다."

카이탁은 그렇게 이해하지 못할 말을 남기고 소멸되어 사라졌다.

무혁은 파랗게 질린 로미에게 다가갔다.

"저 자식, 완전히 죽은 거지?"

"그랬길 바라요."

"안 죽었을 수도 있다는 말인가?"

"네크로맨서들은 죽음과 가장 가까이 있으면서 한편으로는 죽음과 가장 먼 존재니까요."

"다시 보는 일이 없었으면 하는 간절한 바람이 있다."

"저도요."

카이탁은 사라졌고 세 사람만 남았다.

무혁은 세바스찬이 가져온 상자를 열었다.

상자 속에는 밤톨만 한 에메랄드와 다이아몬드와 루비로 아름답게 장식된 황금 십자가가 보라색 벨벳 천에 곱게 싸여 들어 있었다.

"투르칸 신이라는 놈의 상징이 십자가인가?"

"아니에요. 투르칸 신의 상징은 검은 백합이에요."

"그럼 이 십자가는 지구 물건이란 말이네? 그러고 보니 가톨릭의 성물같이 보이긴 한다."

"어쨌든 시작할게요."

로미는 제단에 새로 그린 마법진 중앙에 십자가를 놓았다.

"잠깐."

무혁은 스마트폰을 꺼내 십자가 사진을 몇 장 찍었다. 십자가가 네크로맨서의 것이 아니라면 출처를 확인해 볼 필요가 있었다.

"됐어."

"물러서세요."

로미는 십자가 옆에 무릎을 꿇고 앉아 한 시간 가까이 주문을 외웠다.

무혁은 세바스찬에게 물었다.

"주민들은 어떻게 했어?"

"잘 엮어서 바위에 묶어두었지."

"다치게 하지는 않았겠지?"

"당연하지. 하지만 원체 썩은 몸이라서 장담은 못해."

섬을 짙게 뒤덮고 있는 검은 안개가 석양에 살짝 물들 무렵 로미의 주문이 끝났다.

로미가 황금 홀로 십자가를 살짝 건드렸다.

스스스윽!

십자가가 단숨에 녹아내렸다.

그리고 녹아내린 십자가의 금물이 복잡하게 그려진 마법진의 선을 타고 흘러 그 선들을 채웠다.

"휴~ 우. 대단해."

무혁은 순수하게 감탄했다.

그러나 감탄은 일렀다.

순간 빛이 있었다.

마법진 중앙에서 시작된 그 빛은 잔잔한 물에 떨어뜨린 잉크처럼 지표면을 타고 퍼져 나갔다.

"아~!"

빛이 지나간 자리를 채우며 잡초와 풀과 나무가 단숨에 자라났다.

썩은 곤죽이 흘렀던 개울에는 맑은 물이 흘렀고 뼈와 고깃

덩어리로 뛰어다니던 염소가 검은 털을 휘날리며 풀을 뜯었
다.

부패의 대지였던 울도가 살아나고 있었다.

무혁은 무어라 설명하기 힘든 벅찬 감동을 받았다.

'기적이야.'

그것은 기적이었다.

세바스찬은 눈을 감고 기도를 드리고 있었다.

무혁은 다시 한 번 진지하게 고민했다.

'죽이잖아. 유리아 여신을 한번 믿어볼까?'

지구의 신과 달리 유리아 신은 기도에 응답을 한다.

그 한 가지 사실만으로도 무혁은 유리아 신이 지구의 신보
다 낫다고 생각했다.

'최소한 기도를 들어주는 신은 눈물을 웃음으로 바꿔줄 수
있으니까.'

하지만 무혁이 그런 생각이 틀렸음을 알게 되기까지는 그
리 오랜 시간이 필요하지 않았다.

*　　　　*　　　　*

울도의 참사는 철저하게 은폐되었다.

울도의 사고는 인근해역을 지나가던 화학약품 운반선의 좌초에 의한 오염 때문으로 밝혀졌습니다.

　　사고 소식을 접한 관계당국은 4척의 방제선과 군 화생방부대를 긴급 투입해 신속하게 방재작업을 펼쳤습니다.

　　작업은 성공적으로 끝났습니다.

　　인명피해는 전무했고 생태계도 보존되었습니다.

　　이런 성과는 평소 재난에 대비해 철저한 준비를 해온…….

　　올리비아의 사무실에서 뉴스를 보던 무혁은 중얼거렸다.

　　"세바스찬이 동강 내버린 개 한 마리를 빼고 말이지."

　　"개는 사람이 아니라네."

　　말콤이 들어오며 말했다.

　　무혁은 자리에서 일어나 말콤에게 진심으로 사과했다.

　　"랜슨을 구하지 못했습니다. 죄송합니다."

　　"아니야. 랜슨도 자신의 죽음으로 선갑도 기지를 지켰다는 사실에 만족했을 거야. 그는 그런 남자였거든."

　　"그렇게 생각해 주셔서 감사합니다."

　　"그리고 나도 자네에게 한 가지 사과할 일이 있어."

　　"사과라니요?"

　　"솔직히 말해 난 자네를 생텀 코퍼레이션의 일원으로 삼는 일에 반대했었네. 그러나 이번 울도 작전의 보고서를 읽고 난 후 내 생각이 틀렸음을 알았지."

확실히 말콤은 좋은 남자였다.

무혁은 웃으며 말했다.

"그럼 이제 제가 능력 있는 옵저버라는 사실을 인정하시겠네요."

말콤은 단호하게 고개를 저었다.

"그건 그거고 이건 이거지. 자넨 어디까지나 가이드라구."

"쩝."

무혁은 올리비아에게 물었다.

"제네레티오(GENERATIO)란 회사에 대해 알아보셨습니까?"

"알아보고 있는 중이에요. 지금까지는 제네레티오가 라틴어이며 재생이란 의미를 가지고 있다는 사실만 파악했어요."

"인간을 대상으로 죽음의 실험을 저지르는 집단의 이름치고는 어울리지 않는 이름이군요."

"과거 독일과 일본도 과학의 발전이란 미명 아래 참혹한 짓을 저질렀었죠. 그러나 그들 역시 스스로에게 악마라는 이름을 붙이지 않았어요."

"사람은 누구나 자신이 속한 집단이 정의이기를 바라니까요."

"쓸쓸한 현실이에요."

"동감입니다. 그런데 십자가의 출처는 어떻게 됐습니까?"

무혁은 성물로 사용된 십자가의 사진을 올리비아에게 넘겼었다.

"그 십자가의 이름은 성 롤란드의 십자가라고 해요. 성 롤란드는 라트비아의 수호성인이라고 하더군요."

올리비아는 서류 몇 장을 넘겨주었다.

서류의 첫 장에는 지금도 뇌리에 뚜렷하게 각인되어 있는 십자가의 사진이 인쇄되어 있었다.

라트비아의 역사의 개요로 시작된 보고서는 중세 역사서를 읽는 느낌을 주었다.

라트비아의 수도 리가는 1201년 건설되었다.

리가를 건설한 사람은 독일 브레멘의 대주교인 알베르트 대주교였다.

알베르트 대주교는 리가를 중심으로 라트비아와 에스토니아를 병합하여 리보니아라는 공국을 건설한다. 이때 자금을 댄 이들이 독일의 상인연맹인 한자동맹이다. 한자동맹은 자신들이 누리는 자치와 자유의 상징으로 샤를마뉴 대제의 조카이자 무역의 수호신으로 숭상받던 롤란드 기사를 리가의 수호자로 삼았다.

알베르트 대주교는 대주교 관저와 대성당으로 사용하기 위해 '리가 돔 대성당'을 건립했고 한자동맹의 상인들은 성당의 완공을 기념

해 보석으로 치장된 황금십자가를 만들어 봉납했다.

바로 이 십자가가 성 롤란드 십자가이다.

보고서는 성 롤란드 십자가가 독일의 폴란드 침공으로 세계2차 대전이 발발한 1939년 바로 그 해에 모습을 감추었다는 결론과 함께 끝을 맺었다.

"제네레티오가 1939년 이전부터 존재하던 집단이라면 차원의 틈을 넘은 자들의 역사가 생각보다 오래됐을 수도 있겠네요."

"그럴 수도 있겠죠. 하지만 제네레티오가 우연히 성 롤란드의 십자가를 입수해 사용했을 가능성도 있어요."

무혁은 잠시 생각을 가다듬은 후 말했다.

"먼저 지구의 성물이 어떻게 네크로맨서의 주술에 사용될 수 있었는지 확인이 필요합니다."

"로미 말로는 성물은 기본적으로 신성이 깃들어 만들어지지만, 인간의 기도만으로 만들어지는 경우도 있대요."

"그렇다면 심각한 문제입니다. 제네레티오라는 집단은 현존합니다. 때문에 죽은 카이탁, 아니, 죽었다고 믿어지는 카이탁 말고도 또 다른 네크로맨서가 있다고 가정해도 무리는 아닐 겁니다."

"그야……"

"그렇다면 제네레티오에 의한 선갑도 기지 침입 시도가 다시 있을 수도 있습니다."

"동의해요."

"그래서 혹여 종교적 성물들이 사라지거나 도난당한 경우가 있는지 철저한 조사가 필요합니다. 덧붙이자면 죽은 카를이 증언했던 카이탁에 의한 아프리카 인체 실험도 사실 확인이 필요합니다."

올리비아는 무혁의 판단력에 순수하게 놀랐다.

"확실히 기자 출신이라서인지 현상을 보는 눈이 뛰어나네요."

"전 누구라도 품을 수 있는 의문이라 생각합니다."

"그런가요?"

대답과 달리 올리비아의 속마음은 그렇지 않았다.

울도에서 벌어진 부패의 대지라는 현상은 인간이 경험해보지 못한 미증유의 재난이었다. 따라서 당연히, 로미와 세바스찬이 문제 해결의 중심이 될 거라고 예상했다.

하지만 그런 예상은 깨끗하게 빗나갔다.

로미와 세바스찬은 무혁의 명령에 따랐다.

두 사람이 생텀의 신관과 귀족이라는 사실을 고려하면 이는 지극히 이례적인 행동이었다.

'불과 몇 달 만에 이 남자는 로미와 세바스찬의 진심 어린

신뢰를 얻어냈어.'

무혁도 두 사람의 신뢰에 부응했다.

아무 피해 없이 8명의 특급 용병을 제압했고, 울도 주민들을 구해냈다.

그와중에 한 명의 포로를 잡았고, 포로를 심문해 생텀 코퍼레이션이 10년에 걸쳐 골머리를 썩고 있는 문제의 핵심을 파악했다.

이번 사건으로 여러 경로를 통해 상당한 압박을 받고 있던 올리비아는 갈등했다.

'어쩌면 이 남자가 문제 해결에 도움이 될 수도 있어.'

무혁에게 사실을 밝히고 협조를 요청한다.

확실히 구미가 당기는 발상이었지만 올리비아는 신중한 여자였다.

'아직은 때가 아냐. 지금은 더 지켜볼 때야.'

올리비아는 무혁에게 진실을 알리기 전에 조금 더 테스트를 해보기로 결정했다.

제13장

투라이다 장미

Sanctum

야리스 베로비치는 자신이 행복한 남자라고 생각했다.

실업률이 40퍼센트를 훌쩍 넘어 50퍼센트를 향해 달려가고 있는 라트비아의 실정에 불과 27세의 나이로 할부이기는 하지만 자기 이름으로 된 만 트럭을 구입했고 일주일 후면 부인 레냐에게서 아이가 태어나니 틀린 생각도 아니었다.

행복한 야리스지만 고민거리가 없지는 않았다.

나날이 더해가는 불황의 여파로 주 수입원인 화물 운송 물량이 격감했다.

다달이 트럭의 할부를 지불해야 하고 태어날 아이의 병원

비까지 생각하면 걱정이 이만저만이 아니다.

그래서 오늘, 새벽같이 자신을 찾아온 손님의 존재는 반가울 수밖에 없었다.

"그래도 그렇지 화물이 관이 뭐냐구."

야리스는 트럭을 시굴다 마을이 있는 가우야 강 방향으로 우회전하며 투덜댔다.

손님이 맡긴 화물은 단단한 호두나무로 만든 관이었다.

무언가 꺼림칙했지만 아무것도 묻지 않는 조건으로 평소보다 10배의 요금을 선불로 지급하겠다는 손님의 제안을 거절할 수는 없었다.

"날씨까지 지랄이야."

발트해에서 산을 타고 넘어온 바다 안개가 자욱해 시야가 좋지 않았다.

얼른 배달을 마치고 레냐에게 돌아가고 싶다는 생각이 절실했다.

그래서 안개로 시야가 좋지 않음에도 불구하고 액셀러레이터를 밟는 발에 힘이 들어가는 건 어쩔 수 없었다.

부우우우웅!

배달 목적지인 시굴다 마을은 야리스도 익히 아는 곳이다.

라트비아의 수도 리가에서 동북쪽으로 50여 킬로미터 떨어진 비제메 지역의 시굴다 마을은 가우야 강 인근의 아름다운 붉은 사암 강둑으로 유명했다.

또한 라트비아의 스위스라고 불릴 정도로 스키, 봅슬레이 등 겨울 스포츠가 발달된 고장이기도 했다.

그리고 여름마다 무너진 성벽을 무대로 오페라 공연이 열린다고도 들었지만 먹고살기 바쁜 처지라 구경해 본 경험은 없다.

＊　　　＊　　　＊

손님이 직접 내비게이션에 찍어준 목적지는 시굴다 마을에서 그리 멀지 않은 자작나무 숲 속의 작은 호수 옆을 가리키고 있었다.

야리스는 트럭을 자작나무 숲 사이로 난 소로로 운전해 들어갔다.

하얀 자작나무 줄기와 짙은 바다 안개가 어우러지자 숲은 요정이 사는 환상의 나라처럼 보였다.

한참을 진행하니 내비게이션이 목적지에 도착했음을 알려주었다.

목적지는 호수를 끼고 있는 높고 붉은 사암 절벽 앞 공터였다.

"동굴이 있다고 했는데……."

동굴을 찾는 일은 그리 어렵지 않았다.

야리스는 공터에서 표지판을 발견했다.

"굿마나라 석굴(Gutmana cave)이잖아?"

라트비아 사람이라면 굿마나라 석굴을 모르는 이는 없다.

굿마나라 석굴은 라트비아에서 가장 유명한 사랑 이야기인 투라이다 장미(Rose of Turaida)전설의 배경이 되는 장소이기 때문이다.

한 성직자가 전쟁 중 고아가 된 소녀를 데려와 키웠다.

소녀는 아름답게 성장해 사람들은 그녀를 투라이다의 장미라고 불렀다.

투라이다 장미는 시굴다 성의 정원사 빅토르와 사랑에 빠졌고 결혼을 약속했다.

이를 시기한 폴란드 귀족, 아담 야곱스키는 빅토르의 이름으로 쓴 거짓 편지로 투라이다 장미를 굿마나라 석굴로 불러내 청혼했다.

당연히 투라이다 장미는 아담 야곱스키의 청혼을 거절했다.

분노한 아담 야곱스키는 가지고 있던 도끼로 투라이다 장미를 쳐 죽였다.

이 사실은 빅토르에 의해 밝혀졌고 아담 야곱스키는 형장의 이슬로 사라졌다.

빅토르는 굿마나라 석굴 안에 투라이다 장미의 묘를 만들었다.

"전부 전설일 뿐이야. 투라이다 장미의 묘를 찾은 사람은 없다구."

긴장을 늦춘 야리스는 담배 한 대를 피워 물었다.

"응?"

어디선가 불쾌한 소리가 들려왔다.

구르르르르.

구르르.

소리는 10년 동안 가래를 뱉지 않은 결핵 환자 노인의 숨소리 같았다.

소름이 돋았다.

온몸의 털이 일제히 곤두섰다.

소리의 근원지는 뒤편 화물칸이었다.

야리스는 얼른 시동을 껐다.

더 이상 소리가 들리지 않았다.

"트럭에 이상이 있었을 거야. 리가에 돌아가는 대로 정비소에 가봐야겠어."

스스로를 납득시킨 야리스는 담배를 던져 버리고 트럭에서 내려 화물칸을 열었다.

"젠장."

관의 뚜껑이 반쯤 열려 있었다.

"특별히 덜컹거리지도 않았는데……."

열린 관 뚜껑을 닫아야 한다는 생각에 기분이 나빠졌다.

아무리 계약이지만 관 속에 시체라도 있으면 경찰에 신고해야겠다는 생각도 들었다.

야리스는 화물칸에 올랐다.

다행인지 불행인지 관 안쪽에 시체는 없었다.

"……."

대신 어둠이 있었다.

정확하게 말하자면 검은 안개가 관 안에 있었다.

검은 안개가 눈을 떴다.

눈이 깜박였다.

붉은 눈이었다.

야리스는 비명을 지르려 했다.

그러나 그의 시도는 성공하지 못했다.

검은 안개가 일어나 야리스를 덮쳤다.

야리스는 비명 한 번 지르지 못하고 안개에 휩싸이고 말았다.

*　　　*　　　*

검은 안개는 사라졌다.

원래의 야리스는 생기가 빠져나가 빈 가죽 주머니로 변해 버렸고 그 옆에는 놀랍게도 알몸의 야리스가 서 있었다.

새 야리스는 죽은 야리스의 옷을 벗겨 입더니 굿마나라 동굴 안으로 들어갔다.

굿마나라 동굴은 라트비아에서도 손꼽힐 정도로 깊고 복잡한 동굴이었지만 야리스의 걸음에는 거침이 없었다.

야리스는 한 시간 정도를 걸어 동굴의 한 갈래 끝에 도착했다.

미리 지리를 알지 못하는 사람은 절대로 찾아오지 못할 정도로 복잡한 미로의 끝이었다.

야리스가 동굴 끝을 막고 있는 바위 앞에 서자 기다렸다는 듯 바위가 옆으로 열렸다.

비밀의 바위 문이 열리자 상당히 넓은 정방형의 석실이 모습을 드러냈다.

석실 안에서는 하얀 가운을 입은 일단의 사람이 분주히 움직이고 있었다.

석실 내부의 형태는 전체적으로 중세의 향기가 물씬 풍겼다.

그러나 그 내부를 채우고 있는 집기들로 인해 마치 초현대식 생물학 실험실처럼 보였다.

먼저 한쪽 벽에 스테인리스스틸로 만든 실험대와 선반, 그리고 그 선반 위에 각종 약품이 보였다.

반대쪽 벽에는 드럼통 3개 높이 정도로 보이는, 불투명한 액체가 채워진 유리관이 각종 전선과 튜브로 연결되어 줄지어 세워져 있었다.

바로 이 유리관이 석실의 성격을 규정지었다.

유리관 안에는 다양한 연령과 성별과 인종의 사람의 인체 표본이 들어 있었다.

다른 사람들과 다르게 검은 로브를 입은 남자가 야리스에게 다가와 허리를 굽혔다.

"제자 투날이 카이탁 신관님을 뵙습니다."

"밖을 치워야 할 것이다."

"이미 조치해 두었습니다. 제물은 적당했습니까?"

"동정이 아니라 완벽하진 않다."

"시간이 촉박해 완벽한 제물을 구하지 못했습니다. 송구스럽습니다."

"아니다. 덕분에 형체를 되찾은 만큼 차차 완벽한 몸을 만들면 될 일이다."

"그렇게 생각해 주시니 감사합니다. 대신관님께서 기다리고 계십니다."

"알았다."

카이탁의 눈빛이 격렬하게 흔들렸다.

인간의 생명을 발에 차이는 개미의 목숨보다 못하게 여기는 네크로맨서의 감정 표출치고는 특이한 반응이었다.

*　　　　*　　　　*

카이탁은 석실의 가장 안쪽에 딸린 또 다른 석실로 들어갔다.

석실 중앙에는 하얀색 대리석으로 만들어진 석관이 놓여 있었다. 석관은 밖의 살벌한 풍경에 대비되어 이질적인 아름다움을 뽐냈다.

석관의 아름다움을 대표하는 것은 석관 뚜껑을 장식하고 있는 부조였다.

순백의 대리석을 조각해 만든 부조는 수백 송이의 장미에 휩싸인 나신의 젊은 여성의 모습을 형상화하고 있었다.

카이탁은 석관 앞에 무릎을 꿇고 머리를 깊게 조아렸다.

"미천한 제자 카이탁이 대신관님을 뵙습니다."

"돌아왔느냐."

석관 안에서 성별을 구별하기 힘든 중성적인 목소리가 들렸다.

꽝!

카이탁이 머리를 바닥에 부딪치며 말했다.

"명을 받들지 못했습니다. 죄를 청합니다."

"유리아의 종이 있었다고 들었다."

"그렇습니다."

"어떻더냐."

"약간의 신성력은 있어 보였습니다. 그러나 그뿐입니다. 그녀는 유리아 여신에게도 버림받은 창녀 중의 한 명일 뿐입니다. 크게 문제 될 일은 없을 겁니다."

"그런 족속에게 일을 그르친 것도 모자라 소멸당할 뻔한 것이냐?"

"창녀 때문이 아닙니다. 소드마스터에 육박한 실력의 기사가 있었습니다. 아마도 창녀의 호위기사라고 생각됩니다."

"소드마스터라……."

"붉은 오러를 사용하는 것으로 보아 도멜의 씨앗이 분명해 보였습니다."

"신탁의 완수를 목전에 두고 있는 이 시점에 유리아의 창녀와 도멜의 피가 지구에 나타났다?"

석관의 목소리가 높아졌다.

카이탁은 다시금 머리를 바닥에 처박았다.

꽝!

얼마나 세게 머리를 찧었는지 찢어진 이마에서 붉은 피가 흘러나왔다.

그러나 카이탁은 피를 닦을 생각도 하지 못하고 말했다.

"바로 처리하겠습니다."

"아니다. 그것들이 왜 지구에 왔는지 알아야 한다. 우선 그들의 능력을 정확히 파악하는 것이 급선무다."

"마음에 걸리시는 점이 계십니까?"

"감히!"

꽈광~!

순백의 대리석 석관이 핏빛으로 물들며 굉음이 석실을 채웠다.

거대한 압력이 카이탁의 몸을 압박했고, 카이탁은 석실 벽에 말린 오징어처럼 처박혔다.

퍽!

"끄어어어억~!"

"너는 질문하는 자가 아니다. 너는 생각하는 자가 아니다. 너는 실행하는 자다. 그 점을 잊지 마라."

"명… 명심하겠습니다. 제… 제발……."

"너에게 마지막 기회를 주겠다. 그들을 찾아내라. 감시해라."

"존명!"

카이탁이 기다시피 석실을 빠져나갔다.

<u>스르르르.</u>

붉게 변했던 석관이 본래의 순백색을 찾아갔다.

제14장

생연

울도를 다녀온 후 무혁은 한 가지 고민에 빠졌다.

"변해도 너무 변했어."

무혁의 고민의 자신의 육체의 변화에 있었다.

이젠 도무지 지치지 않았다.

세바스찬에게 빌린 팔찌를 최대 강도로 올려도 그 점은 마찬가지였다.

이유를 묻자 세바스찬은 단언했다.

"유리아 여신님의 가호야."

"넌 단순해서 좋겠다."

"사실인걸."

"관두자. 로미에게 물어볼래."

로미의 대답도 세바스찬과 같았다.

"여신님의 축복 때문이에요."

신관인 로미에게 세바스찬에게 했던 말을 반복할 순 없다.

"감사할 따름이지."

"함께 기도해요."

"말했다시피 난 무신론자라구."

"여신님의 가호를 받으면서 무신론자라는 말이 나와요?"

"혹시 여신님을 뵙게 되면 그때 생각해 볼게."

"그러세요."

로미는 쉽게 포기했다.

그러자 의문이 생겼다.

"유리아교는 포교나 전도 같은 거 하지 않나?"

"13좌의 신 중 어느 신을 믿든지 그것은 인간의 자유예요. 언제든지 바꿀 수도 있구요. 모르긴 몰라도 세바스찬 오빠도 실제 믿는 신은 유리아 여신님이 아니라 전쟁의 신인 아리스 님일걸요."

"멋진걸."

무혁의 말은 진심이었다.

로미의 말이 사실이라면 어떤 측면에서 보면 진정한 종교의 자유가 보장된 곳은 지구가 아니라 생텀이었다.

물론 신의 역사가 현존하는 특성상 무신론자는 설 자리가 없겠지만 말이다.

체력적으로 더 이상의 발전이 없자 무혁은 검술을 배우기로 했다.

오크나 네크로맨서 같은 미지의 적을 상대하는 일에는 총보다는 검이 더 효과적이라는 판단 때문이다.

"그래서 말인데 네 검술 좀 가르쳐 주라."

세바스찬은 부탁을 단칼에 거절했다.

"싫어."

"왜?"

"내 검술은 도멜가(家)에 전해오는 비전이야. 도멜의 성을 가지지 않은 자에게 전수할 순 없어."

"너, 여동생 있냐?"

"없어."

"그럼 친척 중에 아들이 없는 분 있어?

"있는데……. 왜 그러는데?"

"내가 그분 양아들로 입적했다고 치자. 가르쳐 줘."

"말이 되는 소리를 해."

"비싸게 구네."

"도멜 검술은 대륙최강이야. 비쌀 만해."

"대륙최강의 검술이 혹시 각 가문마다 하나쯤 있는 족보 같은 거냐?"

"더 이상 말하기 싫어."

무혁은 비장의 무기를 사용했다.

"좋아. 금지됐던 클럽 출입권 3장."

"6장. 단 도멜 검술은 가르쳐 줄 수 없어. 대신 다른 검술을 가르쳐 줄게."

"……."

당했다.

세바스찬은 도멜 검술 이외에도 다른 검술을 알고 있었다.

"너, 좀 한다."

"형에게 배운 거야."

"그런데 그 검술은 쓸 만하냐?"

"쓸 만하다 뿐이야? 전설의 용병왕 칼리드가 만든 검술이라고. 이름은 더블 케이나인(Double canine)."

"두 배의 송곳니? 이름은 멋지네. 그런데 용병왕 칼리드는 누구야? 전설이라고까지 하는 걸 보니 꽤 유명한 사람인가 본데."

"1,400년 전, 용병들의 나라인 페도라 용병국을 건국했다고 알려져 있는 남자야. 대륙의회에 공인을 받지 못해 30년 만에 멸망했지만."

"어쨌든 강한 검술이란 말이지? 좋아. 믿어보겠어."

"믿어봐."

세바스찬은 무혁 몰래 득의의 미소를 지었다.

'더블 케이나인이 용병왕 칼리드의 검술인 건 맞아. 하지만 대륙 전역의 어중이떠중이 용병이 모두 사용하는 검술이기도 하지.'

즉 별 위력이 없다는 이야기다.

무혁의 검술 수련이 시작되었다.

수련 과정은 일방적인 얼차려에 가까웠다.

세바스찬은 자신의 바스타드 소드를 내주며 상단내려치기를 하루에 1,000번씩 하라고 강요했다.

"검술의 기본이야. 난 4살 때부터 하루도 빼놓지 않고 했지."

"백구십하나, 백구십둘, 백구십셋… 헉헉… 정말 이런 훈련으로 강해질 수 있는 거야?"

"믿어봐."

"백구십넷, 백구십다섯… 네가 이런 수련을 하는 모습을 한 번도 본 적이 없는데?"

"난 이미 오러 능력자니까."

"백구십여섯, 백구십일곱…… 그럼 이 수련을 계속하면 나도 오러 능력자가 될 수 있는 거냐?"

"몰라."

"너무 무책임하지 않아?"

"올리비아 씨에게 물어본 적이 있는데 지구인 중 마나를 느낀 사람은 한 명도 없었다고 그러더라. 그러니 나도 장담 못하지. 샘팀에서도 마나는 귀족들의 전유물이기도 하고."

"귀족들만 마나를 익힐 수 있다?"

"정확히 말하자면, 귀족의 혈통이 조금이라도 섞이면 가능성은 있어. 하지만 피가 진할수록 그 가능성이 높아지는 것 또한 사실이야."

"더블 케이나인을 익히면 용병도 마나를 익힐 수 있는 것 아니었어?"

"샘팀의 용병들은 귀족의 피를 조금이라도 가지고 있다구. 아니면 어떻게 용병질을 하겠어."

"……"

마나를 익힐 수 없다는 선언과 같은 말이다.

솔직히 실망했다.

한편으로 한 가지 의문이 생겼다.

마나는 인간을 만화 속의 슈퍼히어로로 만들어주는 힘을 가지고 있다. 이런 힘의 존재를 아는 미국이 손 놓고 두고 보고만 있을 리 없다.

만일 지금도 미국이 마나를 익히기 위해 무언가를 시도하고 있다면?

'로미와 세바스찬의 옵저버로 나를 고용한 이유가 마나 때문은 아니었을까?'

얼핏 타당해 보이는 가정이지만 너무 과하다는 생각이 들었다.

'확실히 올리비아는 로미가 나를 선택했기 때문에 고용한다고 말했어. 뭐~ 당장은 상관없으려나?'

두 가지 모두 이유일 수도 있다.

하지만 지금 당장은, 죽을 만큼 힘든, 이 무식한 수련이 효과가 있을지가 우선이다.

"그럼 내가 왜 이 짓을 하고 있는 거냐."

"내 기억으로는 형이 먼저 부탁했는데?"

"끄응."

"한 가지 확실한 건 이 과정을 거치지 않으면 마나를 익히더라도 오러를 배울 수 없어. 연약한 근육은 오러를 담으면 터져 버리거든."

"……."

"걱정하지 마. 형의 신체는 인간의 한계를 벗어난 지 오래야. 형의 회복력이 인간의 능력이라고 생각하진 않겠지?"

물론이다.

"젠장, 알았다구. 해볼게."

무혁은 열심히 상단내려치기를 반복했다.

세바스찬이 빌려준 바스타드 소드의 무게는 3.4kg다.

그런 무게를 1,000번 반복해서 내려치면 먼저 손바닥의 피부가 벗겨지고 무게를 지탱하는 팔과 등의 근육조직이 파열된다.

나름 고통에는 이골이 났다고 자부하는 무혁도 견디기 힘든 수련인 것이다.

무혁이 이런 수련을 계속할 수 있는 이유는 단 한 가지, 하룻밤만 자고 나면 씻은 듯 나아버리는 경이적인 회복력 덕이다.

아무리 그렇다고 해도 고통을 즐기는 인간은 없다.

만일 그런 인간이 있다면 변태일 것이다.

"아파서 쓰러졌으면 좋겠어. 그러면 수련을 쉴 수 있잖아."

"그럼 쉬든가. 안 말려."

"젠장!"

그래도 무식한 수련은 효과가 있었다.

무혁은 차츰 바스타드 소드의 무게에 적응했다.

꼬박 한밤중까지 걸렸던 수련 시간 역시 저녁 식사 시간 이전에 끝마칠 수 있게 되었다.

"됐지? 이제 다음 수련으로 넘어가자."

"멀었어."

세바스찬은 악마 같은 미소를 지으며 중량 증가 팔찌를 바스타드 소드 끝에 부착했다.

"다시 시작."

"……."

다시 지옥이 시작되었다.

무혁을 지옥에서 꺼내준 사람은 아이러니하게도 김 사장이었다.

김 사장은 바스타드 소드를 휘두르고 있던 무혁 앞에 나타나 시간을 내줄 것을 정중하게 부탁했다.

"부탁합니다."

"……."

언젠가 이런 날이 올 줄 알았다.

오히려 무혁의 예상보다 늦어진 감이 없지 않다.

'정부도 나에게 하고 싶은 말이 많겠지.'

무혁은 김 사장의 부탁을 받아들였다.

물론 수련에서 빠져나가고 싶은 마음이 더 강하기는 했다.

　　　　　＊　　　　＊　　　　＊

　무혁은 개인적인 용무를 이유로 올리비아에게 일주일간의
휴가를 신청했다.

　신청은 받아들여졌고 무혁은 휴가를 떠났다.

　나머지 일행도 카페 유리아를 제외하고는 외부 활동을 멈
췄다.

　로미는 오전 시간을 보내던 도서관 대신 방에 틀어박혀 드
라마에 몰입했다.

　로미가 좋아하는 드라마는 남녀 간의 사랑과 결혼, 그리고
치정에 얽힌 이야기를 집중적으로 다루는 '사랑과 전투'였
다.

　세바스찬 역시 리모컨과 맥주를 들고 소파에 처박혔다.

　세바스찬은 역사 드라마 마니아였고 특히 이순신 장군을
다루는 드라마에 매료되어 있었다.

　니콜도 방에 처박혔다.

　그녀는 노트북을 부팅시킨 후 보안 회선을 활성화시켰다.

　―문무혁이 휴가를 얻어 떠났습니다.

　―이유는?

　―아마도 한국 정부가 접촉해온 것 같습니다.

—디데이가 얼마 남지 않았다. 한국 정부도 다른 방법이 없었을 것이다. 것보다 문무혁의 상태는 어떤가?

—마나 체득은 아직인 걸로 판단됩니다. 그러나 지금 수준만으로도 인간의 한계를 월등히 초월했습니다. 세바스찬은 무혁이 가진 완력보다 더 무서운 것은 회복력이라고 했습니다.

—밤마다 로미 신관이 해준다는 신성력 때문인가?

—달리 이유를 설명할 방법이 없습니다.

—문무혁이 마나를 체득할 수 있느냐 없느냐는 어쩌면 인류의 미래를 판가름할 시금석이 될 수도 있다.

—한층 더 주의를 기울이겠습니다.

—그럼 테스트를 실시하라.

—알겠습니다.

채팅을 마치고 노트북을 끈 니콜은 겉옷을 벗었다.

운동으로 다져진 단단한 몸이 모습을 드러냈다.

니콜은 스트레칭으로 몸을 푼 후 캐리어를 열어 얼핏 보면 피부로 생각할 만큼 얇은 살색 전신 타이즈를 꺼내 입었다.

그리고 캐리어에서 상자 하나를 더 꺼냈다.

튼튼한 알루미늄합금으로 만들어진 상자 안에는 폭이 10㎝가량 되는 금속제 팔찌 두 개와 발찌 두 개, 그리고 역시 금속으로 만들어진 허리띠와 마치 개의 그것처럼 목에 밀착되는 목걸이가 들어 있었다.

니콜은 인상을 잔뜩 찌푸리며 팔찌와 발찌, 그리고 허리띠와 목걸이를 착용했다.

착용을 모두 마친 니콜은 팔찌와 전신 타이즈를 어루만졌다.

튜브와 스킨스라는 명칭이 붙어 있는 이 장치와 전신 타이즈의 가격은 F22 랩터 전투기 두 대 가격을 훌쩍 뛰어넘었다.

잠시 숨을 고른 니콜은 왼팔에 찬 팔찌의 측면을 살짝 눌렀다.

"윽!"

튜브 내부에서 튕겨져 나온 리퀴드 메탈제 관 수백 개가 주삿바늘처럼 착용 부위의 피부를 뚫고 혈관에 꽂혔다.

동시에 즉시라고 해도 좋을 만큼 짧은 시간 내에 혈관 가득히 고농도 마나가 채워졌다.

니콜은 정신을 집중하고 마나를 주먹에 덧씌워 형상화했다.

부우우웅!

주먹이 은은한 청광으로 물들었다.

'언제 봐도 믿겨지지 않아.'

은은한 청광은 아름다운 모습과 달리 강철을 끊고 바위를 부수는 가공할 위력을 가지고 있다.

어렵지 않게 오러피스트를 만들어낸 니콜은 지시받은 대로 숫자를 헤아렸다.

'1초, 2초, 3초, 4초, 5초, 6초……'

꽝!

꽝!

누군가 세차게 문을 두드렸다.

"니콜! 니콜!"

세바스찬이었다.

"잠시만요. 샤워 중이에요."

니콜은 재빠르게 튜브를 원상 복귀시키고 스킨스를 벗어던졌다.

순식간에 체내의 마나가 흩어졌다.

몸과 머리에 물을 대충 묻힌 니콜은 샤워 가운을 입고 문을 열었다.

세바스찬은 니콜을 밀어내며 방 안으로 들어와 두리번댔다.

"이상하네……."

"왜 그러는데요?"

"이 방에서 오라가 느껴져서 말이지. 착각은 아닌데……."

세바스찬이 의심스러운 눈초리로 니콜의 몸을 쓸어보았다.

"무슨 소리예요. 혹시…….'

"혹시?'

니콜은 힘껏 하이소프라노의 비명을 질렀다.

"악~! 변태!'

"아… 아냐……. 그게…….'

마침 로미가 달려왔다.

니콜은 로미에게 매달렸다.

"로미! 로미! 글쎄 세바스찬이…….'

로미는 니콜의 편이었다.

"세바스찬 경!'

"오… 오해라고……. 난 그저…….'

"세바스찬 경, 니콜 언니에게 사과하세요.'

"정말 오핸데…….'

"사과하지 않으면 저도 생각이 있어요.'

눈치를 보던 니콜이 나섰다.

"세바스찬 말이 맞는 것 같아. 생각해 보니 내가 샤워하고 있는 사실을 세바스찬이 알 수 있는 방법이 없잖아.'

로미는 그렇게 생각하지 않았다.

"언니는 세바스찬이 어떤 능력을 가지고 있는지 몰라서 그래요. 저 인간은 100m 밖에서 떨어지는 여자 속옷 소리도 듣는 변태적인 귀를 가지고 있다구요.'

"……."

"……."

결국 사태는 한없이 억울한 세바스찬의 사과로 끝났다.

"정말 미안해. 앞으로 이런 일 없을 거야."

"아니에요. 제가 민감했나 봐요. 신경 쓰지 마세요."

하늘이 무너진 듯 어깨를 늘어뜨리고 방으로 돌아가며 세바스찬은 중얼거렸다.

"내가 오러의 기운을 착각할 리 없잖아. 미약했지만 정말 오러였다구."

로미마저 방으로 돌아가자 니콜은 다시 보안 회선에 접속했다.

—6초였습니다. 거리를 고려할 때 감지 시간은 즉각이란 단어가 어울릴 겁니다. 추가 정보에 의하면 세바스찬은 100m 이격된 장소에서 떨어지는 여자 속… 속옷의 소리까지 들을 수 있는 능력이 있다고 합니다.

통신을 끝낸 니콜은 문득 불안한 마음이 들었다.

'테스트라고는 하지만, 저런 괴물의 마음속에 일말의 의심의 싹을 남겨둔 일이 과연 잘한 일일까?'

그러나 세바스찬의 마음속을 들여다보지 못하는 이상 그

걱정이 단순히 우려일 뿐인지 확인할 방법은 없었다.

*　　　*　　　*

　김 사장과의 약속 장소는 강남의 한 카페였다.

　먼저 나와 기다리고 있던 김 사장은 무혁이 자리에 앉자마자 용건부터 꺼내 들었다.

　"예상은 하셨겠지만 드릴 말씀도 있고 부탁드릴 일도 있습니다."

　"하십시오."

　"여기선 곤란합니다. 다른 회사들의 눈도 있고 해서요."

　"……."

　다른 회사라면 미국을 지칭한다.

　그러나 김 사장은 다른 회사들이라고 복수형을 사용했다.

　그 정도 되는 인물이 실수로 단어를 선택했을 리 없다.

　"그렇다는 이야깁니다. 일어나시죠."

　김 사장은 무혁을 계단을 이용해 지하 주차장으로 안내했다.

　주차장에는 검은 선팅을 짙게 한 승합차가 대기하고 있었다.

　"타시죠. 시간이 좀 걸립니다."

"어디로 가는지 물어봐도 되겠습니까?"

"KSRI(Korea Sanctum Research Institute)로 갑니다. 대한민국 생텀 연구소의 영문 약칭이죠. 저희는 그저 '생연' 이라고 부릅니다."

"생연이라……. 훈제연어가 연상되는 명칭이군요."

"하하하, 사람 생각은 다 똑같은가 봅니다. 저희도 훈제연어란 명칭을 많이 씁니다."

의정부를 지나 동두천, 연천까지 지난 승합차는 국도를 벗어나 산길로 진입했다.

계곡을 따란 난 소로를 한참을 달리자 3중 철조망과 토치카로 보강된 관문이 등장했다.

그르르릉!

미리 연락이 있었는지 승합차가 도착하자 굳게 닫혀 있던 콘크리트제 차량 방호벽이 열렸다.

"연구소치고는 의외의 장소에 있군요."

"대한민국의 미래를 결정지을 중대 프로젝트이니까요."

민통선 안쪽만큼 외부와 고립된 장소는 존재하지 않는다. 게다가 이 주변은 군사분계선을 지키고 있는 군부대들이 밀집해 있다.

초소는 한 개로 끝나지 않았다.

모두 네 개의 초소를 더 통과해야 했다.

마지막 초소를 통과한 승합차는 4~500m를 달려 계곡 측면에 뚫린 콘크리트로 보강된 터널 안으로 들어갔다.

그렇게 터널을 100m 정도 이동하자 거대한 강철문이 앞을 가로막았다.

스르르르릉!

강철문이 열렸고 승합차는 문을 통과해 정지했다.

"다 왔습니다. 생연에 오신 걸 환영합니다."

"……."

솔직히 무혁은 실망했다.

SF영화에서 봤던 멋진 지하연구소를 상상하진 않았다.

그러나 생연은 정도가 심해도 너무 심했다.

"너무……."

"초라하죠. 어쩔 수 없었습니다. 남에게 연구소를 건설한다고 알릴 형편이 아니었거든요."

생연은 일직선으로 뚫린 터널과 터널을 주 줄기로 사방으로 뻗어 나간 보조 터널의 집합체였다.

"원래 이곳은 80년대 북한이 판 남침용 땅굴들에 대응해 대북 침투용 땅굴로 건설되다가 용도 폐기된 장소입니다. 그 특성상 보안만큼은 철저히 지켜질 수 있었죠."

"그렇군요."

무혁은 작은 사무실로 안내되었다.

사무실에는 무혁이 전혀 예상하지 못한 인물이 그를 기다리고 있었다.

그는 무혁을 보더니 자리에서 일어나 손을 내밀었다.

"문무혁 씨? 반갑습니다."

"대… 대통령님."

무혁을 기다리고 있던 사람은 대한민국의 대통령이었다.

＊　　　＊　　　＊

대통령은 무혁에게 많은 이야기를 했다.

그중 대부분은 무혁에 대한 상투적인 공치사였고, 흔히 말하는 어른들의 사정에 관한 이야기도 조금은 포함되어 있었다.

"생텀 코퍼레이션이 미국과 한국의 합작으로 운영되고 있다는 사실은 알고 있지요?"

"그렇습니다."

"하지만 그것은 표면적으로 드러난 사실일 뿐 현실은 그렇지 못합니다. 단적인 예로 지금까지 단 한 명의 한국인도 생텀의 대지를 밟아보지 못했습니다."

"……."

대통령의 발언은 충격이었다.

"선갑도 기지 소장인 올리비아 씨에게 미국은 자금과 기술을 대고 한국은 토지와 인력을 대는 협력 관계라는 이야기를 들었습니다만."

"분명 당초 계약은 그랬습니다. 하지만 지금은 상황이 다릅니다. 미국은 한국이 처한 특수적인 상황, 즉 북한과 중국, 일본과의 관계 때문에 벌어질 정보 유출 가능성에 깊은 우려를 표명했습니다."

"아무리 그렇더라도……."

"그런데 사업 초기 미국의 우려가 사실로 드러나는 사건이 발생했습니다."

선갑도 기지 공사에 참여했던 육군공병단 소속 병사가 전역 후 중국계 조선족 유학생을 사귀었다.

그가 술김에 뱉은 공사 이야기는 유학생을 통해 중국에 알려졌고 중국 정부는 여러 경로를 통해 선갑도 기지의 정체를 파악하려 했다.

"그 때문에 우리 정부는 선갑도에 중, 저준위 방사성폐기물 처분 시설을 비밀리에 건설한다는 역정보를 퍼뜨려야 했습니다. 그 결과는 환경단체의 대규모 정부 규탄 시위로 돌아왔고, 당시 여당은 총선에서 패배하고 말았죠."

"그런 이유가 있었군요."

"그 사건 말고도 몇 가지 사건이 연이어 터지자 미국은 선갑도 기지 내의 한국인 직원 기용을 불허한다고 통보해 왔습니다. 우리 정부로서도 실질적인 결과가 그렇게 나타났으니 거부할 명분이 없었습니다. 결국 협상을 통해 생텀 코리아를 발족시키고 한국인 직원을 채용하는 선으로 그 일은 마무리 됐습니다."

미지의 세상으로 가는 통로를 가지고 있으면서도 정작 대한민국은 그 통로를 열 기술도, 인력도, 능력도 없다는 슬픈 이야기다.

"그 덕분에 대한민국은 생텀의 정보에 무지합니다. 이곳에 거창하게 연구소를 마련하고 최고의 연구원들을 모집했지만 그들이 연구할 재료가 전무한 상황입니다."

"안타까운 이야기군요."

"그렇다고 정부가 마냥 손을 놓고만 있었던 것은 아닙니다. 우리 정부는 다년간 미국과 끊임없는 협상을 벌인 끝에 대한민국의 연구팀을 생텀에 보내기로 합의했습니다."

미국과 한국의 관계를 고려할 때 정말 힘든 협상이었을 것이다.

무혁은 진심으로 말했다.

"고생하셨습니다. 정말 잘된 일입니다."

"나는 선갑도 개발 초기 벌어졌던 일련의 사건들의 배후에 미국이 있다고 믿습니다."

"그렇군요."

무혁도 대통령의 발언에 동의했다.

미국이 지금까지 국익과 자원을 위해 전 세계를 상대로 벌인 일련의 사건들을 고려하면 더욱 그렇다.

"그래서 걱정입니다. 이번에 생텀에 갈 팀에 어떤 문제가 생기면 대한민국의 생텀 진입은 다시 수년 이상 늦춰질 것입니다. 때문에 나는 문무혁 씨가 생텀인들의 옵.저.버가 됐다는 이야기를 듣고 이는 하늘이 내려준 천운이라고 생각했습니다. 부탁합니다, 문무혁 씨. 우리 팀을 교육시켜 주십시오."

대통령은 옵저버란 단어를 끊어 발음했다.

절실한 마음이 오롯이 전해졌다.

우습기도 하고 기분도 좋았다.

무슨 대답이 필요하겠는가.

무혁은 대한민국 국민이다.

비록 이런저런 이유로 정치인들에 대한 평가가 박하긴 했지만 대통령의 요청은 정치를 벗어난 사항이다.

"제가 할 수 있는 모든 일을 하겠습니다."

무혁은 그렇게 대답할 수밖에 없었다.

*　　　　*　　　　*

대통령과의 면담이 끝나자 다음은 생연의 연구소장이 무혁을 기다리고 있었다.

연구소장은 무혁도 안면이 있는 사람이었다.

"김 박사님."

"문 기자, 오랜만일세. 아니, 지금은 문무혁 씨라고 불러야 하나? 대통령님은 꼭 옵저버라고 부르라고 신신당부하시던데 말이지. 하하하하."

반백의 호탕한 웃음이 매력적인 중후한 인상의 김성한 박사는 세계적으로 유명한 문화인류학자로 특히 중세문화 전문가다.

몇 년 전 무혁은 김성한 박사가 부인과 함께 재외 과학자 총회 참석 때문에 내한했을 때 짧은 인터뷰로 인연을 맺었다.

"옥스퍼드에 계시는 걸로 알았습니다만."

"대통령님이 한번 보자고 퍼스트 클래스 티켓을 보냈지 뭔가. 처음에는 안 오려고 했는데 정말 오길 잘했어. 문화인류학자에게 생텀의 존재는 해적이 숨겨놓은 보물 상자나 다름없으니 말일세. 그리고 그 과정에서 조국에 도움이 될 수 있다면 그 또한 좋은 일이고."

"좋은 말씀이십니다. 그런데 사모님은 함께 안 오셨습니까?"

김성한 박사의 부인, 오선아 박사는 국경없는의사회 소속 의사로 아프리카의 질병 퇴치에 평생을 바친 여걸이다.

돌아온 김성한 박사의 대답은 의외였다.

"몰라!"

"네?"

"3개월 전 소말리아에 있다는 메일이 왔는데 그 뒤론 모르겠어."

"크, 여전하시군요."

"나야 좋지. 집에 와봤자 바가지만 긁히는걸."

"하하하하. 농담이 심하십니다."

"농담이 아니야. 자네도 결혼해 보면 알게 돼. 그나저나 자네에게 거는 기대가 크네. 최고의 인재들을 뽑아 연구소를 만들었는데 연구할 거리가 없어."

"할 수 있는 최선을 다하겠습니다, 박사님."

"자~ 그럼 가세. 다들 목이 빠져라 기다리고 있다네."

생연의 가장 큰 방에 모든 연구원이 집합했다.

80명에 이르는 연구원이 호기심 반, 기대 반의 감정이 섞인 표정으로 무혁을 기다리고 있었다.

무혁은 강당에 모인 사람 중 8명의 얼굴을 알아보았다.

그들은 지금까지 무혁과 일행을 경호해 온 김 사장 휘하의 요원이었다.

"당신들이었군요."

김 사장이 멋쩍은 미소를 지었다.

"바로 이 8명과 저와 11명의 연구원을 더한 20명이 생팀으로 갈 첫 번째 팀입니다. 조금이라도 생팀인에 근접해서 그들을 경험하기 위해 내린 고육지책이었으니 이해해 주십시오."

"이해는 무슨 이해입니까. 미리 알았더라면 좀 더 기회를 만들었을 텐데 아쉽습니다. 아~ 보는 눈 때문에 그렇게 하긴 힘들었겠군요."

"그렇습니다. 일전 아벤타도르 사건도 우리로서는 큰 위험을 감수한 셈입니다."

"미리 알았더라면 더 조심했을 텐데……. 죄송합니다."

"죄송할 게 뭐가 있겠습니까. 다 일인데요."

"그럼 시작하겠습니다."

인사를 끝낸 무혁은 마이크를 잡았다.

"우선 제가 경험한 일들을 이야기하겠습니다. 질문은 그 후에 받겠습니다."

이야기를 하는 데 꼬박 4시간이 걸렸고 연구원들의 질문은 무려 이틀 동안 이어졌다.

무혁이 한 모든 이야기는 녹화되었고 질의응답이 끝난 후에는 대통령도 받아보지 못한 수준의 신체검사가 이어졌다.

그러나 무혁은 조금도 힘들지 않았다.

태어나서 처음으로 나라에 도움이 되는 사람이 됐다는 자부심과 이해하기 힘들 만큼 강인해진 육체, 그리고 무혁 특유의 고통에 대한 면역이 만들어낸 결과였다.

모든 일정이 끝나고 무혁은 다시 한 번 김 사장과 그의 팀과 마주했다.

"부족하지만 제가 할 수 있는 일은 다 했다고 자부합니다. 부디 여러분의 임무가 별 탈 없이 성공적으로 끝나길 기도하겠습니다."

"덕분에 막막했던 임무에 서광이 비추기 시작했습니다. 걱정 마십시오. 우리 '해모수 팀'은 대한민국 최고입니다. 그 자부심에 걸맞게 임무를 100퍼센트 완수할 겁니다."

김 사장이 팀 이름으로 정한 해모수는 천제(天帝)의 아들로서 천제의 명령에 따라 오룡거(五龍車)를 타고 지상으로 내려와 인간 세상을 다스린 신의 아들이자 고구려를 건국한 주몽의 아버지다.

새로운 세상에 첫발을 디디는 팀의 이름으로 이만큼 어울리는 명칭도 없을 것이다.

"언제 생팀으로 가십니까?"

"정확히 일주일 남았습니다."

해모수 팀의 주된 임무는 교두보 구축이다.

이미 미국 팀이 자리를 잡고 있는 상황이니 큰 위험은 없을 것이란 생각이 들었다.

'하지만…….'

무혁은 해모수 팀과 일일이 악수를 나눈 후 집으로 돌아왔다.

휴가는 남았지만 마음이 급했다.

*　　　*　　　*

집으로 돌아온 무혁은 세바스찬에게 한 가지 제안을 했다.

세바스찬은 잠시 고민하는가 싶더니 제안을 수락했다.

"형의 제안이니 허락하는 거야."

"고맙다."

"고맙긴. 나 좋자고 하는 일인데."

세바스찬은 비단에 싼 물건 하나를 내주었다.

다시 생연으로 돌아온 무혁은 세바스찬이 넘겨준 물건을 김 사장에게 건넸다.

"어떻게 쓰느냐는 김 사장님, 아니, 김 팀장님의 손에 달렸습니다. 혹시라도 위험하다 생각되시면 쓰지 않으셔도 됩니다."

"아직 이름을 말씀드리지 않았군요. 제 이름은 김필용입니다. 그리고 감사드립니다. 기회는 잡으라고 있는 겁니다. 이것만 잘 사용하면, 그래서 성공한다면 미국에 뒤처졌던 생텀 진출을 단숨에 앞당길 수 있습니다. 못 먹어도 고 아닙니까."

김필용은 무혁에게 악수를 청하고 떠나갔다.

그리고 그의 뒷모습은 무혁의 뇌리에 최후의 기억으로 남고 말았다.

제15장

해모수 팀

용병왕 칼리드의 더블 에이나인 검술을 수련하기 시작한
지 세 달이 지났다.

정면내려치기에서 시작된 검술 수련은 횡베기와 사선베기
를 거쳐 찌르기로 이어졌다.

죽을 만큼 힘든 수련은 무혁의 한계를 시험했다.

"기본 자세만 한 달 넘게 배우는 건 시간 낭비라고 생각
해."

"기본이 안 되어 있으면 앞으로 나갈 수 없어. 그래도 형은
진도가 빠른 편이야. 오크에게 검술을 가르치는 것보다는 조

금 나은 수준이지만."

"정말 위안되는 말이다."

"크크크, 농담이야."

빨리 마나를 느끼고 싶었다.

마음이 급했던 무혁은 다른 방법을 궁리했다.

'내가 가장 잘하는 걸 하자.'

무혁이 가장 잘하는 일은 역시 사격과 특공무술이다.

해모수 팀이 생팀으로 간 후에도 수시로 생연을 방문해 신체검사를 하고 정보를 제공하고 있던 무혁은 김성한 박사에게 도움을 요청했다.

김성한 박사는 즉각 무혁의 요청을 승낙했다.

"대통령께서 각별한 당부가 있었다네. 걱정 말게."

"감사합니다."

"감사는 무슨……. 자네의 정보가 없었다면 생연은 아직도 먹고 노는 놈팽이들의 집합소로 남아 있었을 거야. 연구원들이 즐겨 하는 온라인 RPG게임이 있는데 알고 보니 모든 연구원의 캐릭터가 만렙이더라구."

"그러고 보니 해모수 팀에서 연락은 없었습니까?"

해모수 팀이 생팀으로 떠난 지 한 달이 지났다.

해모수 팀은 일주일에 한 번씩 전통문을 보내기로 했었다.

"안 그래도 그 이야기를 하려던 참이야. 어제 온 전통문에 김필용 씨가 자네에게 메시지를 남겼어. '호랑이가 둥지를 틀었다'고 하더군."

좋은 소식이다.

"잘됐습니다. 정말 잘됐습니다."

"무슨 의미인지 물어봐도 되겠나?"

현재 무혁의 계획을 아는 사람은 대통령과 김필용이 전부다.

그러나 계획이 시작 단계에 접어들었으니 김성한 박사의 도움이 절실하다.

이미 대통령의 승낙도 받아두었으니 망설일 이유도 없다.

"일전 저와 김 팀장님은 한 가지 계획을 세웠습니다. 만일 성공한다면 미국에 뒤처져 있는 대한민국의 생텀 진출 속도를 획기적으로 따라잡을 수 있는 계획입니다. 물론 대통령님도 승인하셨습니다."

"세 사람만 아는 계획이라면 나는 안 듣는 편이 좋겠네."

김성한 박사는 손사래를 쳤다.

"아닙니다. 이제 성공했으니 박사님이 도와주실 일이 많습니다."

"그렇다면야……."

"저와 생활하고 있는 세바스찬을 아시죠?"

"생텀의 미국 측 거점과 인접해 있다는 도멜 백작령의 영주 데오도르 폰 도멜 백작의 형이라지 않았는가. 가출하는 바람에 백작위를 계승하지 못했다고 했지, 아마?"

"지구로 오기 전 도멜 백작은 세바스찬에게 남작의 작위와 더불어 직할 영지였던 작센 영지를 남작령으로 하사했습니다."

"특이한 일은 아닐세. 변경백의 특성상 국왕의 허락 없이도 작위를 하사할 수 있지. 영지도 그렇고. 특히 직할 영지였다면 더 말할 필요도 없지."

무혁은 김성한 박사의 말 속에서 뜻하지 않게 한 가지 사실을 알게 되었다.

'호오~ 국왕에게 작위증서를 받았다고 했던 말이 거짓말이란 말이지? 죽었어.'

뜻하지 않게 세바스찬의 약점을 하나 알게 된 무혁은 말을 이어나갔다.

"그렇습니다. 때문에 현재 세바스찬의 영지는 무임소 영지로 운영되고 있습니다. 해모수 팀은 미국이 건설한 거점 대신 그 영지를 교두보로 삼을 생각입니다."

"그렇게 되려면 세바스찬 남작의 위임장이 필요할 텐데……."

"세바스찬의 동의도 얻었습니다. 자신의 영지가 발전하길 원하지 않는 영주는 없으니까요. 이번에 온 전통문은 해모수 팀이 순조롭게 세바스찬의 영지에 자리를 잡았다는 암호입니다."

내막을 알게 된 김성한 박사는 노학자 특유의 걱정을 늘어놓았다.

"안심하긴 일러. 현대문명과 중세문명, 유교적인 사고방식의 한국인과 다신교와 신 중심의 생템인, 군인과 과학자로 구성된 해모수 팀과 아마도 대부분이 소작농과 농노일 영지민들. 그 양자의 만남은 그 자체로 충격일세. 서양인을 처음 본 우리 선조들은 그들을 양도깨비라고 불렀어."

"다행히 생템에도 동양인과 외모가 비슷한 인종이 일부지만 살고 있다고 합니다."

"말로 듣는 것과 눈으로 보는 것에 대한 인간의 반응은 천지 차이라고 할 수 있네."

"그래서 박사님의 전문지식이 필요합니다. 박사님께서 알고 계신 지식들을 해모수 팀에 알려주십시오."

"음……."

김성한 박사는 중요한 문제를 지적했다.

"그런데 말일세, 한 가지 의문이 생기는구먼. 도멜 백작령은 이미 미국의 영향하에 있다고 알고 있네. 그렇다면 작센 영지 역시 그 영향을 받았겠지. 이런 상황에서 우리가 할 수 있는 일이 있겠는가?"

"작센 영지는 도멜 영지와는 블랙 포레스트와 강으로 분리된 외딴 섬과 같은 영지라고 들었습니다. 때문에 지구의 문명이 전혀 침투하지 못했다고 합니다. 이는 세바스찬이 확인해 준 사실입니다."

질문을 던져 대던 김성한 박사는 비로소 무혁의 부탁을 받아들였다.

"알았네. 그러나 일의 성격상 나 혼자서는 할 수 없네. 그렇지만 생연의 연구원들도 별 소용이 없을 거야. 그들은 기본적으로 과학자이니 말일세. 그래서 더 많은 분야의 전문가가 필요해."

"모든 지원을 아끼지 않겠다는 대통령님의 확약이 있었습니다."

"말년에 일복이 터졌구먼. 좋아, 한번 해보지."

한 영지를 발전시킨다.

그리고 그 과정에서 생길 영지민들과의 트러블을 최소화하고, 더 나아가 그들의 지지까지 얻어낸다.

문화가 다른 이질적인 두 집단의 만남 속에서 이런 일이 말처럼 쉬울 리 없다.

두 사람은 토의 끝에 이 작전이 기본적으로 군의 민사작전과 흡사하다는 사실에 동의했다.

무혁과 김성한 박사는 길고 긴 리스트를 만들어냈다.

그 리스트에는 해외파병에서 민사작전을 담당했던 군인, 지질학자, 육종과 종자 전문가, 프랑스 및 이태리 요리 전문 요리사, 농기구 기술자, 농사 전문가, 각 분야의 의사, 레크리에이션 강사, 태권도 사범, 발레, 성악가, 각종 서양악기 연주자, 심지어 만화가와 판타지 소설가도 포함됐다.

"다른 분야는 당연하고, 레크리에이션 전문가, 성악가 등의 예술가 역시 주민 친화를 위해 필요하다지만 만화가와 판타지 소설가는 선뜻 이해가 되지 않네."

"생텀은 저희가 알지 못하는 미지의 세계입니다. 경직된 사고방식은 금물이죠."

"상상력이 필요한 임무란 말이군."

"그렇습니다. 그것도 어처구니없어 헛웃음이 나올 만큼 허황된 상상력이 필요합니다."

"그런데 이 리스트에 적합한 사람을 모두 모으면 보안에 문제가 생기지 않겠는가?"

"하하하, 그건 쉽습니다. 혹시 명동 한복판에서 지나가는 성인 남성 100명만 모으면 군의 모든 장비를 움직일 수 있다는 이야기 들어보셨습니까?"

"우리나라는 징병제이니 그렇기도 하겠네."

"그 반대도 성립합니다. 군에는 모든 분야의 인재가 있습니다."

"아하~ 군인만으로 인원 충당이 가능하겠군."

"다만, 몇몇 특수 분야의 전문가는 어쩔 수 없이 국책 연구소의 연구원으로 채워야겠죠. 그러나 그 숫자는 그리 많지 않을 겁니다."

"좋네. 당장 시행하도록 하지."

전 군에 생연이 원하는 특기를 가진 인원의 현황 파악 명령이 내려졌다.

그리고 그렇게 선별된 인원들은 한자리에 모였고, 한 가지 문제에 대해 자신의 생각을 자유롭게 서술하도록 명령받았다.

―중세시대에 홀로 떨어졌다. 어떻게 생존할 것인가. A4 5장의 분량으로 서술하시오.

말도 안 되는 명령이지만 군대의 명령 중 거의 대부분은 원래 말이 안 된다.

보다 나은 답안을 위해 성실하게 답안을 작성한 인원에 한해 일주일짜리 휴가증도 약속되었다.

휴가증에 눈이 먼 군인들은 열심히 자신의 생각을 서술했다.

무혁과 김성한 박사, 그리고 미리 선발된 민사작전 전문 장교 세 명은 그렇게 모인 답안을 검토해 적합한 인원을 뽑았다.

그리고 이렇게 선출된 인원은 꿈같은 휴가를 보낸 후 생연 인근의 군부대로의 전출을 명받았다.

영문도 모르고 모여든 인원들은 생팀의 존재와 그들이 해야 할 임무를 설명받았다.

그들의 반응은 불신, 회의, 검증, 패닉의 단계를 넘어 열광의 단계로 접어들었다.

역시 젊음은 무엇이든 받아들일 수 있는 포용력을 가지고 있었다.

"죽인다."

"짜릿해."

"판타지 소설 속의 세상이 현실이란 말이지?"

"이미 팀이 그곳에 가 있다잖아."

"그곳이 뭐야. 생팀이라잖아, 생팀. 팀 이름은 해모수고."

"캬~ 이름 죽인다."

"가만 보니 완전 판타지 소설의 영지물이잖아."

"게다가 물자 지원이 가능한 영지물이야."

"한 달에 컨테이너 하나 불량의 물품을 보낼 수 있다?"

"영지 발전에서 가장 중요한 건 역시 자금이야. 돈을 벌어야 해."

"금을 보내면 안 될까?"

"불가. 말이 안 되지. 정부의 입장도 생각해야 한다구."

"어떻게 돈을 벌지?"

"후추야. 대항해시대는 후추 때문에 열렸다구."

"좋은 생각이다. 중세 유럽에서는 후추가 같은 부피의 금과 같은 가치가 있었으니까."

"그런데 생텀에 후추가 없을까?"

"알아봐야지. 있더라도 지구처럼 구하기 힘든 지역에 있다면 상관없어."

"몬스터 밀집구역과 인접해 있으니 몬스터를 사냥해서 마법시약을 위한 재료를 수집해 파는 일은 어떨까?"

"난 반대다. 마법재료는 값비싸겠지만 영지가 그만큼 주목을 받겠지."

"나도 반대다. 후추라면 차명으로 상단을 설립해 팔면 되지만 마법재료 정도가 되면 마법사들이 움직일 거야. 마법사들의 눈을 속이는 건 불가능해."

"비누나 치약 같은 물품은 어떨까?"

"가져가는 건 비효율적이야. 일단은 그쪽에서 제조하는 방향으로 생각해 보자."

"자금 확충은 여러 가지 방법이 있어. 그보다 중요한 건 영지민들의 계몽이야."

"가장 필요한 건 역시 교육이지. 그것이 농사가 됐든 지식의 전파가 됐든 말야."

"교육을 위해서는 다량의 책이 필요해."

"책보다는 태블릿 PC나 컴퓨터는 어떨까?"

"오버테크놀로지야. 현 생텀 문명보다 한발만 앞선 기술이 좋아."

"하긴, 주목받는 건 사양해야지."

"하지만 미국은 자동차까지 가져갔다던데?"

"난 미국의 방법이 좋다고 생각하지 않아. 미국인들은 모든 답이 자신들에게 있다고 믿는 경향이 있어."

"동의한다. 해외파병 시 민사작전분야에서 가장 우수한 평가를 받은 나라는 바로 대한민국이라구."

"좋아, 그럼 인쇄기로 결정. 될 수 있으면 가져가는 것보다는 그쪽에서 만들 방법을 찾자."

"영지민들 입장에서도 스스로 해낸다는 성취감이 필요하니까."

"그럼 후추 역시 블랙 포레스트 안쪽에서 채집해 가져왔다고 설명하는 걸로 하자."

"좋은 생각이야. 해모수 팀은 세바스찬 남작이 블랙 포레스트에서 만난 일족으로 위장하고 있댔으니까."

"더 생각해, 더."

"머리를 굴려."

"더 깊은 대화를 나누려면 영지민 개개인인 가진 기술, 신분에 관한 완벽한 리스트가 필요해."

"교육 수준도……."

"경제 현황도……."

젊음과 상상력은 무쇠도 먹어치우는 불가사리와 같았다.

대화는 끝없이 이어졌고 무혁은 그렇게 모인 질문들을 취합해 세바스찬과 해모수 팀에게 답을 구했다.

제16장

마나

Sanctum

무혁은 길게 숨을 내쉬었다.

"휴~"

고동치던 심장이 잠시 고요한 휴식에 들어갔다.

의식하지 않으며 의식한다.

이 역설이 장거리 저격을 가능하게 한다.

저격수에게 가장 중요한 덕목을 무혁은 자연스럽게 실천했다.

'지금이야.'

무혁은 천천히 방아쇠를 당겼다.

풋슝!

소음기를 튀어나간 총탄이 단숨에 표적 대용으로 가져다 놓은 오렌지를 꿰뚫었다.

무혁과 오렌지와의 거리는 무려 1,800m였다.

비가 온 직후라 습기도 많았고 바람도 세차게 불었다. 그런 악조건을 뚫고 오렌지를 명중시켰으니 칭찬받아 마땅하다.

게다가 한 발이 아니라 연속 여덟 발의 초장거리 저격을 성공시킨 참이니 더욱 그렇다.

그러나 무혁은 고개를 저었다.

"이건 내 능력이 아니야."

수련을 거듭해 갈수록 무혁의 오감은 극대화되었다.

바람에 흩날리는 낙엽의 소리도 들을 수 있었고, 몇 블록 저편에서 파는 호떡의 냄새도 맡을 수 있었고, 저격 시 사용하는 풍향 센서나 거리 센서는 물론 스코프까지 필요 없을 정도였다.

'솔직히 겁나.'

항상 좋은 게 좋은 거라는 생각으로 살아가는 무혁이다. 그래서 이해하기 힘든 육체의 변화도 긍정적으로 받아들였다.

그러나 오감의 변화만큼은 그렇게 쉽게 받아들일 수 없었다.

그것은 CRPS가 재발할지도 모른다는 공포 때문이었다.

무혁에게 CRPS는 무의식의 심연 저 아래에 도사리고 있는 어둠과 동의어였다.

"걱정한다고 달라질 건 없잖아. 최소한 내가 인류 최고의 저격수란 사실만은 확실해."

특유의 낙천성으로 걱정을 떨쳐 버린 무혁은 저격 훈련을 끝내고 생연 인근 군부대의 체육관으로 향했다.

체육관에는 대한민국 특수부대를 대표하는 전사들이 무혁을 기다리고 있었다.

전사들의 표정은 흉흉하다 못해 살벌했다.

별다른 설명 없이 소집당한 전사들은 일개 민간인의 훈련을 위해 자신들이 차출됐다는 사실을 인정할 수 없었다.

"저 자식 때문에 우리가 불려 온 거야?"

"비리비리해 보이네."

"그래도 한가락은 하겠지. 아니면 우릴 모았을 리가 없잖아."

"저 자식 특전사 출신이긴 해. 아마 중사 제대 했었을 걸?"

"그때 어땠어?"

"군 역사상 최고의 저격수라고 소문이 자자했어. 격투술도 꽤 뛰어났던 걸로 기억하는데······."

"그럼 지금은 국정원 요원인 건가?"

"나도 처음에는 그렇게 생각했는데······. 복학한 다음 졸업

해서 기자한다고 들었거든⋯⋯. 어디 문화부라고 했는데⋯⋯."

"그럼 뭐지?"

"아~ 몰라."

"저놈이 어디 소속이든 박살 내주면 그만이야. 여기 불려 오면서 얼마나 쪽팔리던지."

"맞는 말이다. 반쯤 죽여놓자고."

그러나 전사들의 생각은 희망으로 끝났다.

일대일, 일대이, 일대삼으로 상대의 숫자를 늘려가며 진행된 대련은 무혁의 승리로 끝났다.

패한 전사들도 당혹스러웠지만 무혁 역시도 그랬다.

한두 명의 잘 훈련된 특수부대원과의 대련은 강해진 힘만으로 승리할 수 있다. 그러나 그 숫자가 3~4명이 되면 그럴 수 없다.

상대는 일반적인 격투기가 아니라 대상을 죽이기 위한 살인술을 연마한 살인기계이기 때문이다.

그럼에도 불구하고 무혁은 압도적인 실력 차이를 보이며 승리했다.

'오감이 민감해진 현상이 꼭 나쁘지만은 않아. 이거 죽이잖아!'

고무된 무혁은 십대일의 대련을 청했다.

전사들은 격양됐다.

"보자보자 하니까 누굴 보자기로 아나. 너무하잖아."

"그런데 조금 달라. 마치 우리의 움직임을 미리 알고 있는 것 같아."

사실이었다.

무혁은 CRPS의 전형적인 증세, 즉 산들바람에도 고통을 느끼는 증세를 전혀 다른 방식으로 경험하고 있었다.

굳이 집중하지 않아도 상대방의 움직임을 느낄 수 있었다.

숨소리, 발소리, 심지어는 근육의 움직임도 '볼' 수 있었다.

체육관 내의 모든 움직임이 손에 잡힐 듯 느껴졌다.

대련이 시작되었다.

퍼퍽!

퍽!

퍽!

"크윽!"

"컥!"

"켁!"

대련이랄 것도 없었다.

이는 일방적인 구타였다.

가공할 만한 감각 확장에 인간의 한계를 벗어난 신체 능력까지 더해지자 십대일의 말도 안 되는 대련 역시도 순식간에 무혁의 승리로 끝났다.

무혁은 여기저기 쓰러져 신음하고 있는 전사들에게 미안함을 표시했다.

"미안합니다. 고의는 아니었습니다."

"끄응, 장난이 아니네요. 정말 대단했습니다."

고마운 마음에 무혁은 모인 전사들에게 크게 한턱 쐈다.

전사들은 무혁이 강한 이유를 알고 싶어 했다.

하지만 정작 무혁 자신도 이해하지 못하는 일을 설명할 방법이 없었다.

"휴~ 어떻게 한다."

머리를 싸매고 고민한 끝에 무혁은 기본으로 돌아갈 수밖에 없다는 결론을 내렸다.

* * *

무혁은 세바스찬에게 대련을 요청했다.

"100년은 빨라."

"빠른지 늦은지는 내가 결정해. 해보자. 단, 오러는 사용하지 말기."

"좋아. 하지만 대련에 내기가 빠지면 섭섭하지."

"내기라니… 넌 도대체 어떤 식으로 검술을 배운 거냐?"

"나? 왕립 기사학교에서 다년간 우수한 성적을 거두었지."

"왕립 기사학교에서는 내기해도 상관없어?"

"대외적으로는 금지되어 있지만 누구도 상관 안 해. 솔직히 그런 재미라도 없으면 언제 느낄지도 모르는 마나를 어떻게 기다려. 내기 안 할 거야?"

"뭐로 할 건데?"

"클럽 1회 이용권."

"꿈도 꾸지 마. 짜장면 내기."

"곱빼기로! 그리고 탕수육 추가. 서비스 군만두는 내 거. 더 이상은 양보 못해."

"먹고 죽어라."

죽는 쪽은 무혁이었다.

짜장면이 도착하는 그 짧은 시간 동안 무혁은 어디가 부러지지 않은 것이 용하게 느껴질 만큼 흠씬 두들겨 맞았다.

치료를 위해 불려 온 로미는 반쯤 기절해 있는 무혁을 보고 불같이 화를 냈다.

"이렇게 무참히 두들겨 패는 게 어디 있어요."

"나도 어쩔 수 없었어."

"무슨 소리예요. 세바스찬의 실력이면 안 다치게 하면서도 얼마든지 가르칠 수 있었잖아요."

"그게 안 돼서 하는 말이야. 월등한 실력 차가 난다면 너의 말처럼 되겠지. 게다가 오러를 사용하지 않기로 했단 말이야."

"그렇다면……."

"형이 생각보다 너무 강했어. 검술 실력이야 내가 위지만 신체 능력은 형이 위야. 최선을 다하지 않았다면 쓰러져 있는 사람은 형이 아니라 나였을 거라구."

"화를 내서 미안해요. 사정도 모르고 제가 주제넘게 나섰네요."

"아니야. 그런데 말이야. 뭘 하나 물어봐도 될까?"

"말씀하세요."

세바스찬은 잠시 망설이더니 입을 열었다.

"혹시 로미가 손을 쓰지 않았어?"

"뭘요?"

"형의 변화가 너무 이상하잖아."

"전 몰라요."

"하~ 그렇다면 그런 거겠지만 아무리 생각해도 이상하단 말이지."

몰래 대련을 지켜보고 있던 니콜은 세바스찬이 던진 질문에 대한 답을 알고 있었다.

'로미의 축복 때문인 건 확실한데……. 왜 사실대로 털어놓지 않을까? 두 사람은 생사를 같이한 동료잖아?'

니콜은 예의 백색광에 휩싸여 무혁을 치료하고 있는 로미의 의도가 궁금했다.

대련은 계속되었고 그때마다 무혁은 얻어터졌으며 로미는 그런 무혁을 치료했다.

그리고 그날이 왔다.

무혁은 아침부터 몸이 좋지 않았다.

"오늘은 달리기 못 하겠어."

"몸살이라도 난 거야?"

"아니……. 그런데 이상해."

"뭐가?"

"온몸이 박하를 들이부은 것처럼 시원해."

"……."

"정확히 말하면 몸이 아니라 몸속이 그래. 차가운 것도 아니고 추운 것도 아냐. 어쨌든 그래."

"돌아봐."

"왜?"

세바스찬은 무혁의 등에 두 손을 밀착시켰다.

"흠, 마나네."

"마나라구?"

"그래, 마나. 마나를 처음 느끼면 몸의 내부가 서리가 내린 듯 서늘해져."

"나이스!"

"너무 좋아하지 마. 문제가 될 수도 있으니까."

"문제라니? 무슨 문제가 있단 말이야. 마나를 느끼면 좋은 거 아닌가? 이제 오러를 쓸 수 있잖아."

"그렇긴 한데……. 이해가 안 돼서 그래."

"넌 원래 바보잖아."

"큼, 형만 할까."

"설명해 봐."

"빨라도 너무 빨라. 도멜 백작가 1,000년 역사상 최고의 기재로 평가받았던 나도 마나를 느끼기까지 8년이 걸렸어. 보통의 경우는 15년 이상 걸리지. 그런데 형의 경우는 불과 2개월이야."

"간단한 문제네. 내가 너보다 천재라는 사실이 밝혀진 거야."

"단순해서 인생이 편하겠다."

"그 말 그대로 돌려주지."

무혁은 세바스찬의 의문에 종지부를 찍은 다음 본론으로 들어갔다.

"이제 오러를 사용하는 방법을 가르쳐 줘."

"이미 알고 있잖아."

"몰라."

"지금까지 수십, 수백만 번 검을 휘두르며 무슨 생각을 한 거야?"

"그야… 검으로 강철을 벤다든가… 아니면 바위를 반으로 가른다든가… 네 머리를 쪼갠다든가 하는……. 헉!"

상상을 한 순간 온몸을 채우고 있던 시린 기운이 손으로 집중되었다.

무혁은 세바스찬에게 손을 내밀었다.

"바스타드 소드 줘봐."

"……."

세바스찬은 무혁이 느끼고 있는 변화를 알고 있다는 듯 옅은 미소를 지으며 바스타드 소드를 넘겨주었다.

무혁은 바스타드 소드를 잡고 정신을 집중했다.

손에 몰려 있던 기운이 손잡이를 통해 검신으로 뻗어 나갔다.

<u>스스스스스.</u>

검신에서 백색의 아지랑이가 피어올랐다.

"아~"

감탄사와 함께 아지랑이는 신기루처럼 사라졌다.

"어엇? 왜 이러지?"

"다른 생각 하지 마. 오러는 원하는 형상을 얼마나 집중해

실체화할 수 있느냐에 그 강도와 지속 시간이 좌우된다구."

"그렇구나. 어디 다시 한 번!'

다시 백색의 아지랑이가 피어올랐다.

그러나 아무리 정신을 집중해도 아지랑이는 뚜렷한 형체를 갖추지 못했다.

"이제 시작이야. 처음부터 형체를 만들어낼 수 있다면 수없이 많은 기사가 경험했던 좌절을 설명할 수 없잖아."

"그래도 서운하긴 하네."

"첫술에 배부를 수 없어."

세바스찬의 말은 정론이었다.

그러나 무혁은 세바스찬의 말에 수긍하지 않았다.

'수저도 수저 나름이라고! 큰 수저로 먹으면 첫술에도 배가 부를 수 있어.'

무혁은 자신이 특별하다는 사실에 매료되어 있었다.

니콜은 무혁의 검에서 아지랑이가 피어오르는 모습을 지켜보고 있었다.

'오러! 저렇게나 간단히……'

그녀가 아는 한 지구의 인간 중에 마나를 사용할 수 있는 사람은 없다.

생텀인들마저도 귀족의 혈통만 사용 가능한 것이 마나고

오러다. 그것도 다년간의 피나는 수련을 거쳐야만 익힐 수 있는 비기다.

니콜은 노트북을 켜고 무혁이 마나를 사용할 수 있고 오러를 익혔음을 조직에 알렸다.

세바스찬은 니콜이 창문에서 사라지는 모습을 보았다.

"……."

일전 세바스찬을 치한으로 몬 행동까지 고려한다면 니콜은 확실히 이상했다.

'형에게 이야기할까?'

잠시 고민해 봤지만 세바스찬은 그러지 않기로 했다.

생텀 대륙을 여행하면서 국가 간의 정보전이 얼마나 대단한지 수없이 경험했다.

'무혁 형도 김 사장과 연관이 있어. 니콜 누나도 그러지 말라는 법은 없지. 아니, 오히려 그렇게 생각하는 편이 타당해.'

그래도 찝찝함이 가시지 않았다.

'형은 모든 사실을 털어놓았어. 그래서 나도 형을 믿고 김 사장에게 작위증과 영지를 맡길 수 있었고.'

그런데 니콜은 그렇게 행동하지 않았다.

마음에 들지 않았다.

'어쩌겠어. 난 지구의 불청객일 뿐인걸…….'

같은 이유로 로미에게도 비밀로 하기로 했다. 괜히 이야기해서 로미를 걱정시키고 싶지 않았다.

*　　　*　　　*

오러 수련은 어떤 면에서 저격과 비슷했다.

목표를 설정한 후 정신을 집중하고 단련된 신체를 정신의 지배하에 두고 방아쇠를 당긴다.

이 모든 행위의 기본은 완벽하게 단련된 육체다.

마나의 경우도 마찬가지다.

마나는 인간을 강하고 빠르게 해주지만 숙달은 다른 측면의 이야기다. 신체적인 바탕이 되지 않으면 마나를 제어할 수 없다.

이제야 세바스찬이 왜 수련을 게을리하지 않는지 알 수 있었다.

'겉으로는 뇌까지 근육으로 단련된 기사나 나사가 서너 개 빠진 기생오라비같이 행동하지만 검술에 있어서만큼은 귀신이란 말이지.'

이제 격렬한 아침 운동을 마친 후 세바스찬의 등을 빌리지 않고도 집으로 돌아올 수 있다.

이 한 가지 사실만으로도 무혁은 마나를 익힌 보람을 느

껐다.

'하지만 한 가지가 부족해.'

무혁은 세바스찬에게 말했다.

"나만의 검이 필요해."

"나쁜 생각은 아니네. 그런데 지구는 검 대신 총을 사용한다며……. 좋은 검을 만들 만한 장인이 있을까?"

"하긴… 그래도 일단 알아보자."

무혁은 검에 관한 정보를 모으기 시작했다.

그리고 그 과정에서 막연히 환상처럼 여기고 있던 과거의 명검들이 현대의 기준으로 보면 쓰레기에 가깝다는 사실을 알게 되었다.

명검 하면 빼놓지 않는 일본도의 경우가 그렇다.

일본에는 철광석이 산출되지 않고 모래처럼 입상의 사철들만 산출된다.

사철에는 불순물이 많아 이 불순물을 제거하기 위해 접쇠가공을 했다.

접쇠가공을 하면 칼날에 물결무늬가 나타나게 되는데 장식적인 측면에서는 뛰어날지 몰라도 현대의 스프링강을 갈아만든 싸구려 검만도 못한 강도를 보여준다.

명검을 논할 때 빼놓을 수 없는 다마스쿠스 검의 경우도 그렇다.

다마스쿠스 검의 상대는 보잘것없는 수준의 제철기술로 만들어진 유럽의 검이었다.

"상대가 유럽의 검이어서 유명해졌을 뿐 실상은 허접하단 이야기."

무혁은 명검에 대한 환상을 지워 버리고 현대적인 기술로 만들어진 검을 찾기 시작했다.

먼저 한국 도검 회사들은 제외했다.

한국의 도검 장인들을 무시해서가 절대 아니다.

현재 무혁이 수련하고 있는 용병왕 칼리드의 더블 케이나인 검법은 세바스찬이 사용하는 바스타드 소드가 기본이어서 조선검은 해당 사항이 없었다.

무혁은 인터넷을 통해 중세의 도검을 재연해 판매하고 있는 공방들을 찾아보았다.

클릭 한 번으로 수백 개의 공방이 검색되었다.

"역시 덕 중의 덕은 양덕이야."

무혁은 그중에서 미국 위스콘신 소재의 알비온 소드사의 바스타드 소드를 골랐다.

알비온 소드사는 박물관에 보존 중인 명품 도검을 현대적인 재료와 공법으로 재현해 명성을 쌓은 도검공방이었다.

검을 골랐으니 다음 단계는 구입이었다.

도검은 개인이 수입할 수 없다.

사업장을 관할하는 지방경찰청장에게 수출입 허가를 받은 제조업자 또는 판매업자를 통해 수입대행을 해야 했다.

그렇게 주문한 바스타드 소드는 일주일 만에 수입처에 도착했다.

무혁은 수입처에서 보내준 도검소지허가증 신청서와 관련 서류를 준비해 경찰서에서 도검소지허가증을 발급받았다.

이 과정에 다시 일주일이 걸렸고 무혁은 드디어 바스타드 소드를 손에 넣을 수 있었다.

600만 원이란 거금을 투자한 바스타드 소드는 별다른 장식 하나 없는 단순함의 극치였다.

"죽이지 않아?"

"별로……. 대장간에서 살 수 있는 가장 싼 검처럼 보이는데?"

세바스찬은 고개를 저었다.

"지구 최고의 검이라지만 내 슈팅스타에 비하면 쓰레기 수준이지."

슈팅스타는 세바스찬의 바스타드 소드 이름이다.

생텀에서는 극히 드물게 고유의 이름을 가진 명검들이 있는데 슈팅스타도 그중 하나라고 했다.

"확실히 외관만 따지자면 그렇긴 하지만……."

무혁의 바스타드 소드의 가드는 단순한 일자형이지만 슈

팅스타는 판타지 영화에 등장하는 검들처럼 멋진 조각 장식이 되어 있고, 폼멜도 무혁의 것은 단순한 쇳덩어리지만 슈팅스타는 포효하는 붉은 눈의 늑대 조각상이 붙어 있다.

"외모가 전부는 아니니까. 검은 생명은 강도와 날카로움 아니겠어? 이놈은 드럼통을 잘라도 날이 망가지지 않는다구."

"흠, 오러를 불어 넣지 않아도 그렇단 말이지?"

"맞아. 뭣하면 테스트해 보든가."

"방금 구입한 검이 망가져도 상관없겠어? 내 슈팅스타는 600년 전의 명공 카를로프드가 말년에 만든 명검이라구."

"카를로프트가 아니라 드워프 할아버지가 만들었어도 내가 이길걸?"

"흠. 좋아, 해보자."

세바스찬은 슈팅스타를 단단히 고정했다.

"네가 내려쳐라. 당연히 오러 사용은 금지다."

"알았어."

세바스찬은 무혁의 바스타드 소드를 이리저리 흔들어보더니 말했다.

"내 슈팅스타보다 월등히 가벼운데? 무게중심도 잘 맞고……. 꽤 좋은 검이야. 하지만 슈팅스타를 이길 순 없지."

자세를 잡은 세바스찬이 바스타드 소드를 슈팅스타에 내려쳤다.

스팡~!

쨍!

파열음과 함께 부러진 칼날이 허공을 날아 잔디밭에 박혔다.

"……?!"

"……?!!"

놀랍게도 부러진 칼날은 슈팅스타의 것이었다.

예상은 했지만 그래도 당황스러웠다.

"어떻게 하지? 너희 가문의 가보라며? 혹시 대장간에서 붙일 수 없을까?"

세바스찬은 기사답게 행동했다.

"부러진 검은 철 조각에 불과해. 기사는 명검에 목을 매긴 하지만 그렇다고 부러진 검을 부여잡고 울진 않아."

말을 마친 세바스찬은 알비온 소드사에 바스타드 소드 10자루를 주문해 달라고 부탁했다.

"너무 많지 않아?"

"가져다 팔면 천금을 벌 수 있어. 10자루도 부족해."

하긴 그랬다.

"너 점점 경제관념이 생기는 것 같다."

"형은 인정 안 하지만 난 영주라구."

생팀의 영주는 수단과 방법을 가리지 않고 영지민의 안전과 의식주를 보장해야 할 책임이 있다.

책임을 다하지 못한 영주는 그 명예를 의심받는다.

물론 대부분의 영주가 명예 따위는 오크 똥보다 못하게 여기는 점은 대한민국의 정치인과 같다.

어쨌든 세바스찬은 명예를 아는 영주가 되고 싶어 했다.

"한국의 정치가들을 보면서 많은 생각을 했어. 그들은 폐허가 된 나라를 불과 수십 년 만에 풍요로운 나라로 만들었어. 존경할 만한 사람들이야."

"……."

"아마도 국민이 직접 뽑은 사람이라 그렇겠지?"

"그렇게 생각할 수도 있겠다."

지금의 풍요는 정치가들의 힘이 아니라 민초들이 땀과 피로 만들어낸 결과라고 말해주고 싶었다.

그러나 무혁은 말하지 않았다.

본질적으로 세바스찬은 중세 봉건사회의 귀족이지 민주주의와 인권의 가치를 이해하는 인물이 아니었다.

세바스찬이 스스로의 힘으로 민주주의가 얼마나 많은 피를 요구하는지 깨닫지 못하는 이상 충고는 한없이 비난에 수렴할 뿐이었다.

제17장

조덕구

Sanctum

조덕구의 아침 일과는 다른 고시생들처럼 단순했다.

7시에 일어나 공용 샤워장에서 고양이 세수로 아침잠을 깨운 다음, 고시원에서 기본적으로 제공하는 밥과 김치, 라면으로 식사를 한다.

생계를 전적으로 부모님의 보조에 의지하는 고시생들에게 무료 제공되는 식사는 식대 명목으로 타낸 돈을 전용할 수 있는 유일한 방법이다.

옆방 214호 남자가 쉬어빠진 김치와 라면을 입에 욱여넣으며 말했다.

"오늘도 일찍 일어났네? 공부는 잘돼?"

"아~ 네. 그렇죠, 뭐."

조덕구는 214호 남자를 싫어했다.

214호 남자는 대외적으로 사법고시를 준비한다고 말하고 다닌다.

그러나 조덕구는 214호 남자가 사법고시는커녕 운전면허 시험 준비도 하지 않는다는 사실을 안다.

214호 남자는 자신의 나태를 사법고시라는 허울로 감싸고 있는 전형적인 패배자였다.

'떨어져도 사법고시라는 이름으로 변명이 되고, 누가 물어봐도 사업고시생이라는 간판도 붙고…….'

조덕구는 214호 남자와 자신은 근본적으로 다르다고 생각했다.

'난 7급 공무원 시험을 준비 중이야. 사법고시보다 현실적이면서 9급 공무원 시험보다는 폼이 나지.'

214호 남자와 엮이면 자신 역시도 패배자가 된다.

최대한 빨리 식사를 마친 조덕구는 자리를 피했다.

그런 조덕구를 214호 남자가 커피 믹스를 흔들며 불렀다.

"오늘도 커피 안 마셔? 모닝커피를 마셔야 하루가 개운하다구."

"전 됐습니다."

"하루도 빼놓지 않고 마시더니 며칠 전부터 이상하네?"

확실히 조덕구는 아침을 먹은 후 믹스 커피 한 잔으로 하루를 시작했다.

'이제는 아니라구.'

방으로 돌아온 조덕구는 자신이 가진 가장 좋은 옷을 꺼내 입었다. 시골에서 농사짓는 부모님이 면접용으로 사주신 양복이다.

'좋은 옷이긴 한데……. 같은 옷을 며칠 연속해서 입었더니…….'

그래도 거울을 보니 멀쑥하다.

'하긴, 남이 양복을 하루 입었는지 열흘을 입었는지 관심 있는 사람은 없지.'

묘한 합리화로 단벌 신사의 창피함을 벗어던진 조덕구는 고시원을 빠져나왔다.

조덕구가 향한 곳은 한남동에 새로 생긴 카페 유리아였다.

며칠 전 우연히 발견한 카페 유리아는 깨끗한 인테리어도 인테리어지만 마법처럼 활력을 주는 넥타르라는 음료가 유명했다.

솔직히 처음에는 넥타르를 마시기 위해 줄을 서 있는 행렬을 이해할 수 없었다.

대학을 졸업하고 5년째 7급 공무원 준비를 하고 있는 조덕구에게 음료 한 잔을 사기 위해 줄을 서는 행위는 사치 그 이상도 그 이하도 아니었다.

그런데 행렬을 이루는 사람들의 행복한 표정이 조덕구의 발걸음을 붙잡았다.

그들의 밝음이 부러웠다.

그러나 부러움보다 더 크게 조덕구를 사로잡은 감정은 질투였다.

조덕구는 자신도 모르게 줄에 합류했고, 없는 용돈을 털어 넥타르를 샀다.

넥타르는 기가 막힌 맛이었다.

왜 사람들이 줄을 서는지 알 것 같았다.

여유만 있으면 매일이라도 줄을 서는 수고를 할 수 있겠다 싶었다.

그러나 현실은 냉혹했다.

용돈은 언제나 부족했고 5,000원짜리 넥타르 값이면 소주 세 병과 할인 상품이지만 참치 캔 하나를 살 수 있다.

'알아, 안다고.'

그럼에도 불구하고 조덕구는 다음 날부터 카페 유리아에 출근했다.

이유는 한 가지였다.

"또 오세요."

"아~ 네? 네!"

방긋 미소 지으며 넥타르 잔을 넘겨준 여성 바리스타의 가슴에 달린 명찰에는 로미라고 적혀 있었다.

*　　　*　　　*

카페 유리아의 줄은 언제나 길었다.

'기다림마저 즐거움이지.'

조덕구는 친구로 보이는 2명의 젊은 여성 뒤에 섰다.

눈을 어디에 둬야 할지 모를 만큼 헐벗은(!) 여성들은 쉬지 않고 입을 놀리고 있었다.

"내가 블로그에 카페 유리아 방문기를 올렸을 때만 해도 이렇게 손님이 많지 않았는데……."

"그러게 말이야. 가면 갈수록 손님이 많아져서 불편해."

"요즘 넥타르 맛이 예전과 달라진 걸로 봐서 초심도 잃은 것 같아."

"유명해져서 돈을 벌면 다들 그렇잖아."

"재방문기를 써야겠어."

"파워블로거인 네가 혹평을 하면 여기도 금방 망하겠네."

"당연하지. 하지만 아직은 생각 중이야."

"왜?"

"왜긴, 기집애……. 잘생긴 세바스찬이 있잖아."

"호호호호."

"그런데 말이야, 로미란 계집애가 세바스찬에게 꼬리를 치는 것 같지 않아?"

"너도 그렇게 느꼈어? 못생겨 가지고……."

"성격도 나빠 보이지 않아?"

"얼굴도 꽤나 고쳤던데… 코도 그렇고……."

"턱도 깎은 것 같았어."

"맞아, 맞아."

조덕구는 순수하게 분노했다.

로미는 그런 여자가 아니었다.

'그녀는 친절하고 상냥해. 게다가 날 좋아한다고. 그렇지 않으면 '또 오세요' 라는 말을 나에게 왜 했겠어.'

로미를 대신해 이 천박한 여자들에게 응징을 해야 할 필요가 있었다.

줄은 줄어들어 조덕구의 차례가 왔다.

"또 오셨네요. 넥타르 드시죠?"

"아~ 네. 그렇습니다."

로미의 환한 웃음!

예상이 맞았다.

'날 기억하고 있어. 내 취향도 파악하고 있어.'

계산을 마치고 카페 유리아를 빠져나가는 파워블로거와 친구의 뒷모습이 보였다.

　"오늘은 세바스찬이 안 보이잖아."

　"기분 잡쳤어."

　"저 여자는 뭘 잘했다고 생글생글이야!"

　"기분 나빠."

　조덕구는 결심했다.

　'남자는 여자를 보호해야 해.'

　넥타르를 받아 든 조덕구는 추가 주문을 했다.

　"아메리카노 한 잔 주세요. 아주 뜨겁게 부탁합니다."

　"아~ 아메리카노요?"

　조덕구는 되묻는 로미의 눈빛에서 걱정의 감정을 느꼈다.

　'두 잔을 시키니, 혹시 나에게 여자친구가 있지 않을까 걱정하고 있어.'

　사실을 이야기해 걱정을 풀어줄 필요가 있었다.

　"오랜만에 커피도 마시고 싶어서요."

　"네, 그렇군요."

　로미가 떨리는 손으로 에스프레소를 뽑아 뜨거운 아메리카노를 만들어주었다.

　'여자친구가 없다니 안심하네? 손까지 떨다니……. 아~ 귀여워.'

커피를 받아 든 조덕구는 가게 밖에서 사진을 찍고 있는 파워블로거에게 다가갔다.

'응징을 하기 전에 사과를 받아야 해.'

조덕구는 파워블로거에게 말을 걸었다.

"실례합니다."

"무슨 일이세요?"

"잠시 시간 좀 내주실 수 있겠습니까?"

두 여성은 서로를 마주 보더니 웃었다.

"까르르르르."

"까르르."

"내가 인기가 있기는 하지만 이건 너무한 거 아냐?"

"그러게 말이야. 너 어쩌다 이렇게 됐냐?"

"돌겠네. 오늘 화장이 잘 안 받았을까?"

"호호호호."

이해 못할 대화를 주고받은 파워블로거가 조덕구를 바라보았다.

"말을 걸기 전에 우선 거울부터 보시죠."

"거울이라니요?"

되묻기는 했지만 조덕구는 여성들이 무슨 말을 하는지 잘 알고 있다.

조덕구는 아무리 좋게 말해준다 해도 미남은 아니다.

어느 쪽이냐면 추남에 가까웠다.

키도 160㎝를 갓 넘을 뿐이었고, 청소년기에 솟아오른 심한 여드름의 영향으로 얼굴도 반 곰보였다.

게다가 체중도 100㎏에 육박했다.

"거울 몰라요? 거울?"

"어머머머, 웬일이야."

두 여성이 호들갑을 떨었다.

주변 사람들이 조덕구를 바라보았다.

쇼윈도 너머로 로미가 웃는 모습이 보였다.

'아냐, 아니라구.'

조덕구도 알고 있었다.

로미는 자신을 사랑하지 않는다.

아니, 자신의 존재 자체를 인지하지 못할 것이다.

'안다고… 나도 알아. 그렇다고 꿈까지 부숴 버릴 필요는 없잖아.'

여자들은 꿈을 깬 대가를 치러야 했다.

대가는 응징뿐이었고 이는 로미의 명예는 물론 자신의 자존심과도 연관된 문제였다.

조덕구는 뜨거운 커피를 파워블로거의 얼굴에 쏟아부었다.

＊　　　＊　　　＊

카페 유리아의 메뉴는 20가지가 넘지만 대부분의 손님은 넥타르를 주문하고 다른 메뉴를 주문하는 사람은 극히 드물다.

무혁은 떨리는 손으로 에스프레소를 추출하는 로미를 바라보았다.

물가에 내놓은 아이를 보는 엄마의 심정이다.

'조심, 조심. 그래, 그렇게… 옳지.'

결국 로미는 아메리카노를 만들어 양복을 입은 남자 손님에게 주었다.

손님이 나가자 무혁은 로미를 칭찬했다.

"잘했어."

"잘하긴요. 그런데 맛있을지 맛없을지 모르겠어요."

큰일을 치른 로미는 아직도 자신이 없었다.

무혁은 로미를 달랬다.

"맛있을 거야."

"솔직히 말해서 커피를 만들 때는 신성력이라도 사용하고 싶은 심정이에요."

"크크크, 안 될 말이지. 그런데 세바스찬이 안 보이네?"

"니콜 언니랑 마트에 과일 사러 갔어요."

"고기나 안 사 오면 좋겠다."

"니콜 언니가 있으니 괜찮을 거예요."

"그렇다면 다행이고……."

무혁은 말을 끝내지 못했다.

밖에서 들려온 여성의 비명 소리 때문이었다.

꺄아아아악!

꺄아악!

비명에 놀란 무혁은 가게 밖으로 뛰쳐나갔다.

무혁도 안면이 있는 젊은 여성 두 명이 얼굴을 부여잡고 울부짖고 있었다.

"무슨 일입니까?"

"아아악!"

"까악!"

여성들은 말을 잇지 못했다.

옆 손님들이 대신 상황을 설명해 주었다.

"어떤 남자가 뜨거운 커피를 부었어요."

"……."

화상이란 생각이 들자 무혁은 빠르게 조치에 들어갔다.

무혁은 손님들에게 소리쳤다.

"119를 불러주세요."

늦을지 모른다는 생각이 들었다.

무혁은 한 아가씨를 안아 들었다.

"무슨 일이야?"

비닐봉지를 잔뜩 든 세바스찬이었다.

"이 아가씨 안고 가게로 따라 들어와."

"응? 알았어."

두 사람은 아가씨들을 가게에 딸린 작은 창고로 옮겼다.

"내 얼굴!"

"아파요. 아파!"

무혁은 발을 동동 구르고 있는 로미에게 물었다.

"가능하겠어?"

"네, 그런데⋯⋯."

신성력을 써도 되냐는 물음이다.

무혁은 단호하게 말했다.

"여자잖아. 해! 대충 얼버무리면 돼."

"알았어요."

로미가 두 손을 두 여성의 얼굴에 대고 기도를 시작하자 백광이 여성들의 얼굴을 뒤덮었다.

삐~ 뽀!

삐~ 뽀!

밖에서 119 구급차의 사이렌 소리가 들렸다.

"어때?"

"괜찮을 거예요."

"좋아. 먼저 나갈 테니 시간을 두고 따라 나와."

무혁은 119 구급대원에게 상황을 설명했다.

"누군가 커피를 쏟은 모양인데 다행히 그다지 뜨겁지 않은 커피였나 봅니다."

"환자는 어디 있습니까?"

"지금 나오네요."

두 여성이 영문을 모르겠다는 듯 얼굴을 어루만지며 가게를 나왔다.

구급대원이 여성들에게 물었다.

"괜찮으세요?"

"네? 네……. 처음에는 뜨거웠는데 지금은 괜찮네요."

"어디 한번 보죠."

여성들의 얼굴은 붉은 기운 하나 없이 깨끗했다.

거울로 자신의 얼굴을 확인한 여성들도 놀랐지만 구경하고 있던 다른 손님들은 더 놀랐다.

다행히 나서서 왜냐고 묻는 사람은 없었다.

"갑자기 커피를 뿌리니까 지레짐작으로 놀란 모양이네."

"하긴, 나도 그랬을 거야."

"어쨌든 다행이야."

"그런데 그 자식은 어디 갔지?"

"글쎄, 정신이 없어서 못 봤네."

"나쁜 새끼."

"그런데 이제와 하는 말이지만 저 여자들도 심했어."

"하긴……."

구경꾼들의 뒷담화로 소동은 끝을 맺었다.

정신을 차린 여성들은 자신들의 불행의 책임을 카페 유리아에 물었다.

"책임지세요."

"우리에게 책임이 있다고요? 손님들끼리 가게도 아니고 밖에서 생긴 트러블을 우리가 어떻게 책임집니까?"

"당연하죠. 도의적인 책임이란 말 들어봤어요?"

"도의적이란 단어가 이 상황에 적합할 것 같지는 않네요."

"흠, 그럼 저도 생각이 있어요."

전형적인 물에 빠진 사람과 보따리 이야기다.

화상 입은 얼굴까지 고쳐 준 일까지 고려하면 더욱 그렇다.

여성은 점점 더 점입가경의 모습을 보여주었다.

"말 안 하려고 했지만 전 파워블로거예요. 사실 카페 유리아가 이렇게 알려진 이유도 제 포스팅 때문이었죠. 무슨 뜻인지 아시죠?"

안다.

협박이다.

'파워블로거지라는 말은 들어봤지만 이 정도일 줄이야. 젠장, 무서워서 피하나? 더러워서 피하지.'

무혁은 이번 일을 자영업자들의 고충을 이해하는 계기로 삼기로 했다.

"입고 계신 옷값을 변상해 드리겠습니다."

"좋아요."

잘해야 음료 쿠폰 몇 장이나 세탁비 정도를 예상했던 여성들은 무혁의 통 큰 결정을 두말없이 받아들였다.

"두 사람 합해서 100만 원이면 될 것 같아요."

"……."

무혁의 눈에 비친 그녀들의 옷차림은 아무리 봐도 10만 원이면 떡칠 만한 차림새였다.

'아서라……. 말아라…….'

사뭇 찝찝했지만 어차피 여자 옷 가격에는 문외한이고, 따지자니 구차스러워질 것 같고, 소란이 길어지는 것도 탐탁지 않았던 무혁은 100만 원을 주고 그녀들을 떠나보냈다.

상황을 지켜보던 세바스찬은 분기탱천한 모양이었다.

"왜 돈을 주는데? 100만 원이면 넥타르를 몇 잔을 팔아야 하는데……."

"나라고 주고 싶어서 줬겠니? 넌 잘 모르겠지만 권력을 내세워 불합리한 요구를 하는 귀족을 상대하는 상점의 주인들

도 나 같은 심정이었을걸?'

"저 여자들은 귀족이 아니잖아."

"귀족은 아니지만 더한 존재지. 한국에는 손님은 왕이란 말이 있거든."

"이해가 안 되네."

무혁은 SNS의 위력과 파워블로거란 존재에 대해 한참을 설명해야 했다.

*　　　*　　　*

멀리서 상황을 지켜보던 조덕구는 깊은 자괴감에 빠졌다.

당연히 다쳐야 할 여자들은 다치지 않았고 오히려 로미가 연신 허리를 굽혀 사죄를 하고 있었다.

'모두 내 탓이야. 내가 잘못한 탓이야.'

여자들이 심하게 다쳤다면 앞에 당당히 나서서 자신이 로미를 위해 한 일이라고 말할 수 있었다.

하지만 지금은 아니다. 자신은 로미의 명예를 지키지도 못했고, 복수도 못했을뿐더러 오히려 로미에게 사과까지 하게 만들었다.

'날 싫어할 거야.'

다시는 로미 앞에 나서지 못한다고 생각하니 견딜 수 없이 슬퍼졌다.

그런데 누군가 자신을 불렀다.

"조덕구 씨?"

"……?!!"

목소리의 주인공이 혹시 경찰이 아닐까 하는 생각이 든 조덕구는 반사적으로 몸을 움츠렸다.

다행히 목소리의 주인공은 경찰이 아니라 30대 중반쯤으로 보이는 서양 남자였다.

"조덕구 씨, 시간 좀 내줄 수 있겠습니까?"

"무슨 일로……."

"긴히 드릴 말이 있습니다."

"……."

조덕구는 바보가 아니다.

이 남자는 자신을 신고하겠다고 협박해 돈을 갈취할 목적이 분명했다.

"전 할 말이 없습니다."

조덕구는 몸을 돌려 자리를 벗어나려 했다.

서양 남자가 말했다.

"난 있다니까."

"……."

목덜미가 뜨끔했다.

그리고 조덕구는 의식을 잃고 말았다.

*   *   *

정신을 차린 조덕구는 자신이 어둡고 축축한 공간의 중앙에 놓인 철제 테이블에 묶여 있다는 사실을 깨달았다.

"윽!"

손을 움직여 보았지만 꿈쩍도 하지 않았다. 다리도 마찬가지였다.

손과 다리는 차가운 쇠팔찌로 테이블에 고정되어 있었다.

'여긴 어디지?'

천장에 7개의 등이 원반에 모여 매달려 있었다.

그것은 마치 수술실의 수술등처럼 보였다.

고개를 돌려보니 벽에 푸줏간의 고깃덩어리처럼 걸려 있는 무언가가 보였다.

눈을 가늘게 뜨고 살펴보니 그것들은 고깃덩어리가 아니라 인간의 시체였다.

패닉에 빠진 조덕구는 필사적으로 소리쳤다.

"누구 없어요? 살려주세요!!"

답이 있었다.

"깨어났네? 생각보다 빠른걸?"

검은 옷을 입은 남자가 빙긋 웃으며 모습을 드러냈다. 카페 유리아 앞에서 만났던 바로 그 남자였다.

유난히 하얀 이빨에 대비된 붉은 입술이 안 그래도 공포에 빠진 조덕구를 자극했다.

"날 왜 납치한 겁니까?"

"너의 소원을 들어주려고 그랬어."

"소원이라니요?"

"너, 로미를 좋아하지?"

"……."

좋아한다.

'하지만 로미도 날 사랑할까?'

파워블로거 여성들의 대화가 잊혀지지 않았다.

'그래! 난 못생겼어.'

조덕구는 고개를 떨궜다.

그 모습을 본 남자가 희미하게 웃었다.

"걱정 마. 내가 너의 고민을 해결해 주지."

"어떻게 말입니까?"

"키는 185cm에 건장한 몸매, 얼굴은 배우 뺨치게 만들어주지."

조덕구는 다시 한 번 방을 둘러보았다.

고기처럼 걸려 있는 시체들이 눈에 들어왔다.

더 생각할 필요도 없이 남자는 거짓말을 하고 있었다.

남자는 살인마가 분명했다.

"나도 저 사람들처럼 죽이려고 하는 거지?"

"비슷해. 그러나 달라."

죽인다는 말을 아무렇지도 않게 한다.

조덕구는 필사적으로 몸부림쳤다.

"싫어. 날 풀어… 풀어주세요."

"아직 이해가 안 되는 모양이군. 너에게 선택권은 없어."

예의 하얀 이빨을 드러내며 웃던 남자가 손을 들어 올렸다.

그의 손에는 보는 것만으로도 기가 질리는 도끼가 들려 있었다.

"안 돼!! 살려주세요. 제발 살려주세요."

"너에게는 선택권이 없대두. 아~ 그래도 내가 누군지는 알아야지? 내 이름은 카이탁이야."

카이탁이 힘차게 도끼를 휘둘렀다.

도끼의 목적지는 조덕구의 목이었다.

*   *   *

얼마의 시간이 흘렀을까?

눈을 뜬 조덕구는 반사적으로 목부터 만졌다.

목은 몸에 붙어 있었다.

'꿈이었던가?'

그렇지 않았다.

7개의 밝은 등과 축축한 공기.

벽에 걸려 있는 시체.

변한 것이 없었다.

조덕구는 자신이 아직도 철제 테이블에 누워 있다는 사실을 깨달았다.

'꿈이 아니었어. 그런데…….'

손과 다리가 자유로웠다.

몸을 일으킨 조덕구는 주변을 살폈다.

다행인지 불행인지 남자의 모습은 보이지 않았다.

그러나 안심하긴 일렀다.

"헉!"

테이블 주변에 피칠갑이 된 인간의 신체 토막들이 어지럽게 널려 있었다.

조덕구는 흐트러지는 의식을 억지로 부여잡았다.

정신을 차리지 않으면 도망칠 수 없다.

그러나 결심도 잠시였다.

'나잖아?'

테이블에서 내려서던 조덕구는 널려 있는 신체 토막이 바로 자신의 것이라는 사실을 깨달았다.

조덕구는 또다시 기절하고 말았다.

다시 정신을 차린 조덕구는 피바다를 피해 갇혀 있던 방을 빠져나왔다.

문을 열자 긴 복도가 나타났다.

지옥에서 살아 나왔다는 안도감과 자석처럼 등을 붙잡는 사이한 공포가 허파의 공기를 억지로 밀어냈다.

"헉… 헉……."

복도 끝에는 또 다른 문이 악마의 입처럼 조덕구를 기다리고 있었다.

다른 방법은 없었다.

기다시피 복도를 가로지른 조덕구는 조심스럽게 문을 열었다.

삐걱!

"……."

좀 전의 지옥과 명확하게 대비되는 평범한 거실이 나타났다.

방 가운데 놓인 소파에 앉아 있던 남자가 일어나며 웃었다.

"늦었어. 기다리다 지쳤다구."

"……."

카이탁이었다.

조덕구는 반사적으로 무기가 될 만한 것을 찾았다.

카이탁이 고개를 저으며 어깨를 으쓱였다.

"인간이란 이다지도 나약할까."

이해할 수 없는 카이탁의 말에 귀 기울일 시간은 없었다.

무기가 우선이었다.

그런데 그때, 두리번거리던 조덕구의 눈에 한쪽 벽을 가득
채우고 있는 거울이 보였다.

"……?!"

발가벗은 남자가 거울 안에 있었다.

눈이 휘둥그레질 만큼 잘생긴 남자였다.

그 남자는 조덕구가 하는 행동을 똑같이 따라했다.

조덕구는 자신도 모르게 탄성을 질렀다.

"아~"

그 모습을 보고 있던 카이탁이 말했다.

"난 약속을 지켰다구."

그랬다.

카이탁은 약속을 지켰다.

거울 속의 남자는 조덕구였다.

*   *   *

몸이 변했다.

다리와 팔은 길어졌으며 복스럽게 튀어나왔던 배도 보기 좋은 식스팩을 그리고 있었다.

평생의 콤플렉스였던 피부는 백옥처럼 변했고, 무엇보다 얼굴은 남자인 조덕구가 보기에도 반할 만큼 잘생겨졌다.

보기 좋았지만 의문을 먼저 풀어야 했다.

조덕구는 자신의 신체가 난도질당해 흩어져 있던 모습을 잊지 않고 있었다.

"어떻게… 분명 저쪽 방에 내가……."

"하하하하, 처음에는 널 고치려고 했어. 그런데 워낙 쓸모 없는 살덩이더라고……. 그래서 그냥 처음부터 만들기로 했지."

"만들다니요."

"거울을 잘 봐."

조덕구는 거울로 다가갔다.

보면 볼수록 잘생긴 얼굴이다. 한 가지 흠이 있다면 목과 몸, 그리고 팔과 몸, 다리와 몸이 만나는 부위에 보이는 옅은 분홍색 선이다.

"타인의 신체 부위를 모아 한 사람분의 몸을 만드는 일은 아무리 나라도 힘든 작업이야. 흉터는 조금 남았지만 감사하라고."

무슨 소리를 하는 건가?

"성형이 아니라… 이 몸이……."

"맞아. 4명의 몸을 하나로 만들었지."

팔, 다리 그리고 몸통과 머리 이렇게 해서 3명이다.

아직 하나가 빈다.

카이탁이 조덕구의 다리 사이를 가리키며 웃었다.

"그곳은 특별히 신경 썼어. 멋지지 않아?"

멋지다.

멋지지만 중요한 건 그게 아니다.

"이런 장기이식이 가능하다는 이야기는 들어본 적이 없습니다."

"네가 모른다고 불가능하다는 이야기가 되는 건 아냐."

"그렇지만……."

"넌 그 몸뚱으로 새 인생을 즐기면 그만이야."

카이탁은 가방 하나를 내밀었다.

"이게 뭡니까?"

"몸만 가지고 인생을 즐길 수 있겠어? 돈도 필요할 것 아니야."

"……."

가방 속에는 빳빳한 5만 원권 지폐가 가득 들어 있었다.

"5억 원이야. 당분간 쓰기에는 부족하지 않겠지."

"당분간이라시면……."

"차 한 대 사도 1~2억이잖아. 제대로 하려면 그것 가지고 되겠어?"

사람은 누구나 행운이 자신에게 임하기를 원한다.

내가 보다 잘생겨지기를…….

내가 보다 부유하기를…….

내가 보다 똑똑하기를…….

그래서 인간은 로또를 사고 꿈을 꾼다.

그러나 그 꿈이 이뤄지는 경우는 로또 당첨 확률만큼이나 희박하다.

'극히 드물지만 없지는 않아. 바로 이런 경우지.'

더 이상 생각할 필요가 없었다.

몸을 바꾸어줬다.

돈도 준단다.

'그것도 많이!'

이런 능력을 가진 사람은 존재하지 않는다.

조덕구는 무릎을 꿇고 머리를 조아렸다.

"신이시여."

예상했던 대답이 돌아왔다.

"생각보다 머리 좋구나. 하지만 난 신은 아니야. 그러나 신의 명령을 받드는 신관이긴 하다."

"그렇군요. 어떤 신을 모시고 계시는지 물어봐도 될까요?"

"너, 너무 쉽게 납득하는 것 아니냐?"

"제 몸을 보면 납득 안 할 수가 없습니다."

"역시 똑똑해. 내가 잘 골랐어. 내가 모시는 신의 이름은 투르칸 님이다."

"투르칸…… . 처음 들어보는 이름입니다."

"그럴 것이다. 그러나 한 가지는 확실하다. 투르칸 님의 속성은 다른 모든 신의 속성보다 월등히 우월하다."

카이탁은 침을 튀기며 투르칸 신의 위대함을 설파했다.

조덕구는 당황했다.

'어째… 사이비 종교 냄새가…… .'

무슨 상관이랴.

카이탁의 정체가 사이비 종교의 사제든지 이단의 괴수든지 전혀 상관없었다.

어차피 자신은 가져다 바칠 돈도 명예도 없기 때문이다.

그러나 이대로 안녕을 고할 수는 없다.

세상에 조건 없는 호의가 존재하지 않는다는 사실을 모를 만큼 멍청하지는 않다.

"그런데… 저에게 바라시는 일이 뭐가 있을까요?"

뜻밖의 대답이 돌아왔다.

"없어. 그냥 네가 마음먹었던 일을 해."

"정말입니까?"

"그래."

마음먹었던 일이란 말에 로미의 아름다운 얼굴이 가장 먼저 떠올랐다.

할 일이 있었다.

그것은 좋은 일이었다.

소중하게 돈 가방을 안아 든 조덕구가 떠나자 카이탁은 웃었다.

조덕구와 함께 있을 때의 밝은 웃음이 아니라 오물이 뚝뚝 떨어져도 이상하지 않을 만큼 음습하고 사이한 웃음이었다.

"켈켈켈켈켈……. 대신관님은 지켜보라 하셨지만 이렇게 싱싱한 제물이 생겼으니 두고 보고만 있기는 아깝지. 암, 그렇고말고."

카이탁은 마음껏 웃었다.

제18장

진실

무혁은 인상을 찌푸렸다.

"저거 뭐야?"

로미에게 말을 걸고 있는 20대 중반쯤의 진심으로 잘생긴
청년을 보고 한 말이다.

기본적으로 무혁은 잘생긴 사람을 싫어한다.

세바스찬은 그런 행동이 자격지심 때문이라고 말하지만
꼭 그렇지만은 않다.

항상 세바스찬과 함께 있어 유달리 표가 나서 그렇지 무혁
도 못생긴 편은 아니다.

'그렇다고 잘생긴 편도 아니지만…….'

무혁이 안절부절못하고 있자 세바스찬이 카운터펀치를 날렸다.

"정말 잘생겼네."

"끄응!"

"하지만 걱정 마."

"왜?"

"유리아 여신의 종은 평생 독신으로 지내야 하거든."

"……."

무혁은 안도와 실망의 감정을 동시에 맛봤다.

'안도는 그렇다 치고 왜 실망을 하지? 그럴 이유가 없잖아? 혹시 내가 로미를? 말도 안 돼.'

정말 말도 안 되는 이야기다.

언제일지 모르지만 로미는 생텀으로 돌아간다.

그리고 당연히 무혁은 지구에 남는다.

미국과 한국 사이도 아니고 차원 간의 만남이 이뤄질 리 만무하다.

더군다나 세바스찬의 말처럼 로미는 결혼을 할 수 없는 신관이다.

지구로 따지만 비구니나 수녀쯤 된다는 말이다.

'정말 내가 무슨 생각을 하는 거야. 다 관두고라도 로미가

날 남자로 생각할 리 없잖아.'

문득 이런 생각이 들었다.

'두 사람은 지구를 경험하기 위해 왔어. 그런데 내가 두 사람을 너무 억압하고 있는 건 아닐까? 사실 따지고 보면 로미와 세바스찬의 사생활에 간섭하는 건 두 사람에게 도움이 되지 않잖아. 친구 사귀기만큼 상대방의 문화를 깊숙이 경험할 수 있는 일도 드물고.'

그날 밤 무혁은 자신의 생각을 일행에게 말했다.

니콜은 반대했지만 로미와 세바스찬은 전적으로 무혁의 의견에 동의했다.

무혁은 내친김에 올리비아에게 전화를 걸어 허락을 받아 냈다.

"니콜, 올리비아가 허락했어."

"도무지 무슨 생각을 하고 있는지 이해할 수 없어요."

"윗대가리들은 원래 그래."

"하여튼 난 몰라요."

"모르면 어떻게 해. 로미를 보살펴야지."

"함께 미팅이라도 하란 말인가요?"

"뭐, 그래도 좋고……."

"……."

미팅은 분명 농담이었다. 하지만 일주일 후 농담이 진담이 되는 일이 벌어졌다.

무혁은 로미의 말을 어떻게 받아들여야 할지 몰라 당황했
다.

"그러니까 저 조덕구란 사람하고 저녁을 먹겠다?"

"안 돼요? 친구를 사귀어도 좋다고 했잖아요."

"그렇긴 했지만……."

조덕구란 이름을 가진 청년은 며칠 동안 뻔질나게 드나들
며 로미에게 관심을 표했었다.

"누군지도 모르잖아."

"좋은 사람인 건 알겠어요."

"뭐 하는 사람인데?"

"물어보지 않았어요. 그런데 조덕구 씨가 무슨 일을 하는
사람인지가 중요해요?"

"……."

사실 그동안 지켜본 조덕구는 외모뿐만이 아니라 매너도
좋아 보였다. 그래서 더 이상 물어보면 스스로가 너무 비참해
질 것 같았다.

'지금 내가 뭘 하고 있는 거지?'

질투를 하고 있는 자신이 한없이 우스워졌다.

무혁은 말했다.

"마음대로 해. 단 12시 전에는 들어와야 해."

"알았어요."

"핸드폰 꼭 가져가고. 돈도 넉넉하게 챙겨. 그리고 절대로 술은 먹지 마."

두 사람의 대화를 듣고 있던 니콜이 웃음을 터뜨렸다.

"호호호호."

"왜 웃어?"

"꼭 첫 데이트를 나가는 딸에게 아빠가 하는 말 같아서요."

"끄응~!"

"걱정 마요. 내가 잘 지켜볼 테니까."

"고마워. 예전 김 사장 팀과 달리 요즘 팀은 믿을 수가 없으니까."

확실히 김 사장 팀이 생팀으로 떠난 후 새로이 무혁을 맡은 팀은 실력이 확연히 떨어졌다.

"팀이 문제가 아니라 팀장이 문제라고 봐요. 김 사장이 그만큼 뛰어났단 이야기죠."

"어찌 되었든, 잘 지켜봐."

"네네, 아빠!"

"큼."

니콜의 말처럼 무혁은 딸의 첫 데이트를 지켜보는 아빠의 심정이었다.

무혁은 세바스찬도 불렀다.

"어떻게 생각해?"

"뭘 말이야?"

"로미가 만난다는 남자. 이름 말고는 아무것도 모른다고 하잖아."

"그게 뭐가 어때서?"

"모르는 남자랑 만난다는데 이상하지 않다는 말이야?"

"원래 유리아 여신님의 신관은 사람을 차별하지 않아. 뭐, 요즘은 돈을 안 주면 만나주지도 않지만 말이야. 그런 면에서 로미는 진짜 신관이라고 할 수 있지."

"그래서 넌 걱정이 안 된다는 말이냐?"

"나도 걱정이 되지. 하지만 로미의 선택이잖아."

이상한 순간에 혼자만 멋진 척을 한다.

무혁은 세바스찬만 멋있게 있도록 용납할 생각이 없었다.

"요즘 세상이 얼마나 무서운데……. 더군다나 밤에 여자 혼자 다니면 큰일 난다구."

"니콜 있잖아."

"니콜만으로는 불안해. 네가 따라가."

"내가? 그래도 돼?"

되묻는 세바스찬의 눈빛이 유난히 반짝거렸다.

'실수하는 거 아닌가?'

그래도 내친걸음이다.

어쨌든 로미는 그냥 보낼 수 없다.

무혁은 세바스찬에게 다짐을 받았다.

"네 능력을 모두 사용해도 좋아. 로미를 잘 살펴."

"걱정 마. 내가 지구에 온 이유니까."

"믿는다."

"믿어. 저 자식이 조금만 이상한 짓 하면 목을 베어버릴 테니까."

"농담이지?"

"응."

"네 말은 왠지 농담 같지 않아서 안심이 안 된다."

"크크크크."

"부탁한다."

두 사람은 굳은 악수를 나누었다.

저녁 7시가 되자 카페 유리아 앞에 BMW 5시리즈 세단이 멈춰 섰다.

차에서 내린 사람은 조덕구였다.

무혁은 마음이 상했다.

'얼굴도 잘생긴데다… 매너도 좋고… 재력도 있다는 말이지?'

조덕구의 손에는 장미 꽃다발이 들려 있었다.

그 장미꽃이 로미가 가장 싫어하는 해바라기로 변해 버렸으면 하는 마음이 절실했다.

'이래선 안 돼. 안 된다고.'

무혁은 조덕구에게 다가갔다.

"문무혁입니다. 카페 유리아의 오너이자 로미의 보호자입니다."

"안녕하십니까, 조덕구입니다. 그런데 오너는 이해하겠는데 보호자라시면……."

"문자 그대로입니다. 보. 호. 자. 그런데 그 꽃은 뭡니까? 제가 알기로 오늘 저녁 식사는 데이트가 아니라 단순한 저녁 식사로 알고 있었는데요."

"아~ 그렇긴 합니다만……."

"그렇긴 합니다란 말로 쉽게 얼버무리면 안 되죠. 데이트가 아닌데 꽃은 오버 아닙니까."

"하하, 당황스럽군요."

"당황스럽긴요. 상식을 이야기했을 뿐입니다."

자신도 모르게 무혁은 조덕구의 말꼬리를 잡고 있었다.

불편한 상황을 깨뜨린 사람은 로미였다.

플레어 스타일의 무릎까지 오는 원피스에 하얀색 카디건을 받쳐 입은 로미는 눈부시게 아름다웠다.

"오빠, 그만해요."

"그게 아니라, 내 말은……."

로미는 무혁의 말을 들어주지 않았다.

"무례하군요. 오빠가 이런 사람인 줄 몰랐어요."

"……."

로미가 무례하다고 말했다. 이런 사람인 줄 몰랐다고도 했다.

무혁은 망치로 관자놀이를 두들겨 맞은 듯한 충격을 받았다.

로미가 조덕구에게 말했다.

"제가 대신해서 오빠의 결례에 사과드릴게요."

"아닙니다. 괜찮습니다. 그럼 가실까요?"

"그래요."

로미는 조덕구와 함께 떠났다.

충격으로 사고가 마비된 무혁에게 니콜이 다가왔다.

"추적기를 달았어요. 걱정 마세요."

"……."

니콜은 그럴 줄 알았다는 듯 묘한 표정을 짓고 있는 세바스찬과 함께 경호를 위해 떠났다.

그리고 무혁은 한참을 그렇게 카페 유리아 앞에 망부석처럼 서 있었다.

로미는 밤 12시가 되기 전 돌아왔다.

"잘 다녀왔어?"

"네."

"즐거웠어?"

"네."

더 이상 말을 섞기 싫었는지 로미는 단답형 대답만 내놓고 방으로 들어가 버렸다.

'난 미움받고 있어.'

무혁은 절망했다.

그러거나 말거나 로미는 그날 이후에도 조덕구와의 만남을 계속했다.

로미는 조덕구를 좋아하는 것 같았다.

"석구 씨는 좋은 남자야. 날 행복하게 해줘."

정말로 로미는 행복해 보였다.

로미를 경호하고 있는 세바스찬과 니콜의 의견도 무혁의 의견과 같았다.

"손 한 번 잡은 적 없어. 그냥 만나서 식사하고, 영화 보고, 놀이공원 가는 정도야."

"하지만 로미가 정말로 조덕구를 좋아하는 건 느껴져. 온

몸에서 행복이 묻어나거든."

당연히 무혁의 걱정도 커져갔다.

"이대로 두고 보기만 해도 상관없을까?"

세바스찬은 로미 편이었다.

"난 로미를 믿어. 로미는 평생을 신전에서 살았어. 당연히 이성에 대한 저항력이 전무하지."

"그래서 걱정이란 말 아니냐."

"나도 걱정이 되긴 하지만 로미가 신관으로서의 순결의 의무를 저버릴 거라고는 생각되지 않아."

니콜은 세바스찬과 다른 의견을 피력했다.

"여자의 사랑은 맹목적이 되기 쉬워요. 만일 로미가 자신의 정체를 숨기고 있다는 사실에 부담을 느낀다면 어떤 돌발 행동을 할지 몰라요."

"동의해. 그러나 그렇다고 무작정 반대하고 나서면 로미는 비련의 여인 신드롬에 걸릴지도 몰라."

"그럼 어떻게 할까요? 로미의 이야기를 먼저 들어보는 편이 순서겠죠?"

"아냐. 우선 알아볼 일이 있어."

무혁은 생연을 통해 국정원에 조덕구에 대한 조사를 부탁했다.

조사 결과를 가져온 요원의 대답은 심각했다.

"그런 사람이 없다구요?"

"정확히 말하면 조덕구는 있습니다. 하지만 같은 얼굴을 가진 사람은 없습니다."

"…그게 무슨 소리신지……."

"일단 대한민국에 조덕구란 이름을 가진 사람은 모두 224명입니다. 그중 문제의 조덕구와 같은 연령대로 범위를 좁히면 42명이 남습니다. 그중 41명은 말씀하신 문제의 조덕구와 다른 인물임이 확인됐습니다."

"그럼 나머지 한 명이……."

"그 나머지 한 명이 문제입니다. 그 조덕구는 실종 상태입니다."

"실종이라……. 혹시 사진 있습니까?"

"네."

무혁은 요원이 건네준 사진을 찾았다.

"아~"

사진속의 조덕구를 어디선가 본 기억이 있었다.

머릿속에 경고등이 켜졌다.

'이 남자는?'

일주일 정도 카페 유리아에 출근한 청년이었다.

그 청년은 항상 같은 양복을 입고 있어 기억에 남았다.

'그리고 그 사건 이후 나타나지 않았어.'

커피.

두 명의 파워블로거.

그 사실을 깨닫는 순간 온몸의 세포가 맹렬하게 경고음을 보냈다.

'아냐, 단순히 여행을 떠났을 수도 있어. 게다가 로미를 만나는 조덕구와는 너무 다르게 생겼잖아.'

무혁은 물었다.

"실종된 조덕구는 어떤 사람입니까?"

"5년째 고시원에 거주하면서 7급 공무원 시험을 준비했다고 합니다. 며칠 동안 양복을 입고 나가기에 면접이라도 보나 싶었다는 증언이 있었습니다. 그런데 어느 날 돌아오지 않았다더군요. 짐도 그냥 놔둔 채 말입니다. 조덕구의 본가에서도 연락을 받지 못했답니다."

조덕구가 마지막으로 고시원을 떠난 날은 파워블로거들이 사고를 당한 날과 일치했다.

"그런데 이상한 점이 있습니다."

"……."

"조사를 의뢰하신 조덕구란 인물이 실종된 조덕구의 주민등록번호를 사용해 차를 구입하고 아파트를 임대했습니다."

무혁은 다급하게 물었다.

"혹시 지문감식을 해보셨습니까?"

"그렇게까지는 아직……."

전형적인 공무원 마인드다.

한편으로 이해는 가지만 속이 상한 것도 사실이다.

"감식팀을 준비해 줄 수 있습니까?"

"뭘 하시려고……."

"지문을 확인해 보려고 합니다."

"감식팀을 부르기는 조금 그렇군요."

요원의 말도 맞다.

감식팀의 참여는 보안의 허점을 의미한다.

하지만 지문은 꼭 필요하다.

다행히 요원이 해답을 내놓았다.

"저도 지문을 뜰 수 있습니다. 조회야 문제 되지 않구요."

"그럼 그러게 합시다."

무혁은 요원을 앞세우고 조덕구의 집으로 향했다.

*　　　*　　　*

조덕구의 집은 강남의 대형 아파트였다.

경비원은 조덕구가 어디 사는지 알고 싶다는 무혁의 요청을 단칼에 거절했다.

"입주자 개인정보를 알려달라고? 에이~ 말도 안 되는 소리 하지 말어."

고급 아파트의 경비원으로서는 당연한 반응이다.

그러나 그대로 물러설 수 없었던 무혁은 요원에게 눈짓을 했다.

요원이 국정원 신분증을 내밀자 경비원이 순식간에 태도를 바꿨다.

"진작 이야기하시지……. 경찰이면 몰라도 국정원이시라면 협조해 드려야지. 혹시 간첩이라도 되나?"

"아닙니다. 그저 조사해 볼 일이 있어서 그럽니다."

"하긴, 비밀이겠지. 조덕구 씨는 한 달 전에 월세로 이사 왔어. 103동 3502호네. 3505호는 50평이구만."

"혹시 함께 거주하는 사람이 있습니까?"

"드나들 때 다른 사람을 본 기억은 없어. 내가 못 봤을지도 모르지만 말이지."

"지금 집에 있습니까?"

"아니. 20분 전쯤 헬스클럽 간다고 나갔어. 3~4시간은 있어야 들어올 거야."

"올라가 봐야겠습니다."

경비원이 당황해했다.

"문을 열어드릴 수는 없는데……."

"상관없습니다. 문만 보면 됩니다."

"그렇다면야……."

무혁과 요원은 경비원이 열어준 현관문을 지나 13층으로 향했다.

그리고 요원이 가져온 지문 감식 키트를 사용해 손잡이와 문에 묻은 지문들을 채취했다.

관리실로 내려온 무혁은 채취한 지문 감식의 감식을 의뢰했다.

한 시간도 지나지 않아 감식 결과가 나왔다.

지문의 주인은 강순철이란 인물로 조덕구처럼 실종신고가 접수된 상태였다.

무혁은 요원에게 물었다.

"지문이 같은 사람이 있을 수 있습니까?"

"있을 수는 있지만 거의 희박하다고 보시면 됩니다."

"……."

확률을 넘어 진실을 알아보는 방법은 한 가지다.

무혁은 등록되어 있는 진짜 조덕구의 지문과 강순철의 지문을 대조했다.

"달라."

두 지문의 대조 결과는 조덕구와 강순철이 전혀 다른 사람임을 알려주었다.

"강순철이 조덕구를 사칭하는 모양이군요."

무혁은 그렇게 생각하지 않았다.

'무엇보다 동기가 없어. 동기라면 로미를 만난다는 것뿐이
잖아.'

무혁은 한발 더 나아가 보기로 했다.

"실종된 강순철의 사진을 구할 수 있습니까?"

"잠시만 기다리세요."

요원이 전화를 몇 통 하자 실종신고 시 등록된 사진이 도착
했다.

"......."

"......."

사진속의 인물은 조덕구도, 조덕구로 행세하고 있는 강순
철도 아니었다.

강순철은 유난히 쭉 뻗은 팔과 다리를 지닌 모델 체형의 남
자였다.

"그럼 저놈은 누구란 말입니까?"

"......."

조덕구라고 사칭하며, 강순철의 지문을 가진, 전혀 다른 얼
굴의 남자의 존재에 대해 답할 능력은 무혁도 없었다.

'그 질문에 대답할 수 있는 사람은 한 명뿐이야.'

무혁은 요원에게 물었다.

"얼굴 사진으로 신원을 확인할 수 있습니까?"

"모바일 안면인식 프로그램으로 등록된 실종자를 찾는 솔루션을 경찰에서 운용하고 있다고 들었습니다만……."

밤이면 조덕구는 언제나처럼 카페 유리아에 나타날 테지만 그때까지 기다릴 수 없었다.

혹시나 하는 마음에 무혁은 경비원에게 조덕구가 어느 헬스클럽을 다니는지 아는지 물었다.

다행히 경비원은 그 헬스클럽을 알고 있었다.

"바로 길 건너 헬스클럽이지. 들어가는 걸 몇 번 봤거든."

"오늘 우리가 여기 온 사실은 절대로 비밀입니다."

"내가 감시하다가 이상한 행동을 하면 연락할까? 내가 해병대 출신이여."

"아닙니다. 그저 비밀만 지켜주시면 됩니다. 절대 티를 내시면 안 돼요."

"걱정 말어."

무혁은 남자의 사진을 찍기 위해 요원과 함께 헬스클럽 앞에 잠복했다.

기다리다 보니 신원 확인을 꼭 지문이나 사진만 가지고 하지는 않는다는 사실이 생각났다.

"혹시 DNA가 있으면 그 남자의 신원을 확인할 수 있습니까?"

"데이터베이스에 등록된 인물이라면 가능합니다만 그렇지 않다면 힘듭니다."

경우의 수는 많을수록 좋다.

무혁은 요원에게 말했다.

"운동이 끝나면 샤워를 할 겁니다. 머리카락 정도는 채취할 수 있지 않겠습니까?"

"그렇기야 하지만……. 그냥 임의동행해서 신원을 파악하는 편이 쉽지 않겠습니까?"

요원의 지적은 정론이다.

그러나 정체 모를 남자의 등장과 로비의 극적인 성격 변화는 무혁에게 한 가지 무서운 가정을 하게 만들고 있었다.

'내 예상대로라면 조덕구는 평범한 인간이 아니야.'

무혁은 요원에게 말했다.

"그전에 꼭 확인하고 싶은 것이 있습니다."

"알겠습니다."

무혁에게 전폭적인 협조를 하라는 명령을 받고 있는 요원이다.

그는 더 이상 묻지 않고 헬스클럽으로 들어갔다.

요원이 나오기 전에 조덕구가 나왔다.

'보면 볼수록 잘생겼단 말이야. 그나저나 넌 누구냐.'

무혁은 조덕구의 사진을 몇 장 찍은 후 요원을 기다렸다.

요원도 바로 뒤따라 나왔다.

"머리카락을 확보했습니다."

"수고했습니다. 먼저 사진부터 돌려보죠."

"알겠습니다. 경찰청에 파견된 우리 요원에게 사진을 보내겠습니다."

결과는 불과 10여 분 만에 나왔다.

데이터베이스에는 동일인물이 없었다.

"남은 건 머리카락이군요."

"제가 직접 국과수로 가겠습니다. 지급으로 요청하면 몇 시간 안에 조회가 될 겁니다."

요원이 국립과학수사연구소로 출발하자 무혁은 집으로 돌아왔다.

카페 유리아로 돌아온 무혁은 로미를 불렀다.

로미는 아직도 쌀쌀맞게 무혁을 대했다.

"무슨 일이에요?"

"조덕구에 대해 이야기하고 싶어서."

"덕구 씨 이야기면 하기 싫어요. 오빠는 그냥 그 사람을 싫어하잖아요."

무혁이 아는 로미는 이런 식으로 대화를 하지 않는다.

확실히 이상했다.

무혁은 대화 방식을 바꿨다.

"네가 조덕구의 어떤 면을 좋아하는지 알고 싶어서 그래. 얼굴이야? 몸매? 생각? 아니면 눈빛?"

당당하게 조덕구가 좋다고 표현하던 로미가 망설였다.

망설임은 생각보다 길었다.

한참을 생각하던 로미가 말했다.

"그… 그냥……. 느낌 때문이에요."

"어떤 느낌일까? 느낌에도 여러 가지가 있잖아. 포근함? 안락함? 보호받는 느낌? 이해심? 유쾌함?"

"몰라요……. 그냥 그를 만나면 행복해요."

더 이상의 대화는 의미가 없었다.

로미는 감정적이었고 그 감정을 표현하지 못할 만큼 격양되어 있었다.

무혁은 로미를 내보내고 세바스찬을 불렀다.

세바스찬을 부른 이유는 한 가지 질문을 하기 위해서였다.

"혹시 사람이 사람을 사랑하게 만드는 마법도 있어?"

"매혹마법."

"설명해 봐."

"매혹마법의 원천은 몬스터야."

생텀에는 여성형은 서큐버스라고 부르고 남성형은 인큐버

스라 부르는 몬스터가 있다.

서큐버스와 인큐버스는 엉덩이에 달린 꼬리와 머리에 달린 뿔을 제외하면 인간과 동일한 외모를 가진다.

"나도 본 적이 없어 모르겠지만 들은 바에 의하면 탁월한 외모를 지녔다고 해."

"인간을 유혹해서 정기를 취한다. 그런 이야긴가?"

"맞아. 그런데 그럼에도 불구하고 서큐버스와 인큐버스는 슬픈 몬스터라고 불려. 왜냐하면 두 몬스터는 새끼를 가질 수 없거든."

서큐버스와 인큐버스가 새끼를 가지는 방법은 단 한 가지다.

서큐버스는 인간 남자를 유혹해 남자의 정기를 취한다.

인큐버스는 인간 여자를 유혹해 여자의 정기를 취한다.

"그렇게 취한 정기를 그들만의 특별한 마법으로 정제 혼합해 알을 만든 후 서큐버스의 몸에 착상시키면 새끼가 태어나."

세바스찬의 이야기는 시험관아기를 착상시키는 방식을 연상시켰다.

"결국 서큐버스와 인큐버스는 인간이었단 이야기잖아."

"맞아, 그래서 서큐버스와 인큐버스는 사랑하는 상대의 아이를 낳을 수 없어. 게다가 자신들이 키워야 할 새끼는 그들이 정기를 빨아 죽은 인간의 자식이고."

"그래서 슬픈 몬스터라고 부르는구나."

"더 슬픈 건 매혹마법의 시약이 서큐버스와 인큐버스가 혼합 정제한 알이란 사실이야. 매혹마법의 수요는 대단해서 서큐버스와 인큐버스는 씨가 마를 지경이었지."

사람이 사람을 사랑한다.

하지만 대상은 날 사랑하지 않는다.

이런 상황에서 보통의 인간은 상심하고 포기를 선택한다.

그리고 다른 사랑을 찾아 나선다.

그러나 절대로 포기하지 못하는 사람도 있다.

이들은 극단적인 선택을 하곤 한다.

'납치, 폭력, 감금 심지어 살인까지 저지르지.'

그만큼 사랑은 무서운 것이다.

'그런 상황에 매혹마법이라는 선택지가 추가된다면? 어떤 인간이라도 쉽게 거부할 수 없을 거야.'

단지 사랑만이 아니라 정치적 음모나 국가 간의 관계에서도 매혹마법은 엄청난 위력을 발휘할 것 같았다.

"보통 문제가 아니었겠네."

"맞아, 몇몇 왕국은 그로 인해 멸망하기까지 했으니까. 결국 대륙의회와 대륙마탑은 매혹마법을 금지마법으로 선포

했어."

"혹시 매혹마법의 증상 같은 건 있어?"

"딱히 증상이라고 알려진 건 없어. 그래서 매혹마법을 적발하기 어려워."

"증상이 없다?"

"그래, 그저 마법을 건 대상을 만나면 행복해진다고 하더라구. 그런데 사람이 사랑하면 행복하잖아. 그러니 증상이라고 말하긴 힘들지."

무혁은 로미가 유난히 행복하다는 말을 강조했던 기억을 떠올렸다.

"혹시 네크로맨서가 매혹마법을 사용하기도 하나?"

"사용하다뿐이야? 매혹마법은 네크로맨서의 주 수입원이었다고."

"……."

그동안 느꼈던 불안감이 현실로 모습을 드러냈다.

불안감을 확신으로 만들어준 계기는 때마침 걸려온 요원의 전화였다.

―제가 채취한 조덕구의 머리카락에서 나온 DNA는 한 달전 목이 없는 시체로 발견된 도민원이란 남자의 것이었습니다.

"목이 없었다고요?"

─문제는 도민원이란 남자입니다. 이 남자는… 말보다 직접 보시는 편이 낫겠군요. 사진을 보내 드리겠습니다.

　메신저로 날아온 사진을 본 무혁은 로미를 찾았다.

　'젠장, 젠장.'

　사진 속의 도민원은 조덕구의 얼굴을 가지고 있었다.

＊　　　＊　　　＊

　로미는 집에도 카페 유리아에도 없었다.

　무혁은 반지를 문질러 로미를 찾았다.

　[로미!]

　대답이 돌아오지 않았다.

　무혁은 다시 로미를 불렀다.

　[로미! 로미! 대답해.]

　[오… 오빠!]

　한참을 부른 후 들려온 로미의 목소리는 가늘었다.

　[로미, 어디야.]

　더 이상 로미의 대답은 없었다.

　[로미! 로미!]

　무혁은 급하게 니콜을 불렀다.

　[니콜!]

[네.]

[어디야?]

[조금 전에 조덕구가 로미를 불러내서 따라가고 있어요.]

[왜 말을 안 했어.]

[세바스찬하고 중요한 이야기를 하고 있는 것 같아서요. 딱히 세바스찬이 필요할 것 같지도 않고 말이죠.]

[위치는?]

[올림픽 대로를 통해 동쪽으로 이동하고 있네요. 방금 잠실을 지났어요.]

[계속 위치를 알려줘.]

[무슨 일이죠.]

조덕구가 네크로맨서라면 니콜은 무기력하다.

괜히 나섰다가 상황이 안 좋게 돌아가면 로미의 행방을 놓칠 위험이 있다.

[지금은 말할 단계가 아니야. 따라갈 테니까 절대로 놓치지 마.]

[알았어요.]

니콜과의 대화를 끝마친 무혁은 세바스찬과 함께 벤츠에 올랐다.

세바스찬은 아직도 영문을 모르겠다는 얼굴이었다.

"무슨 일인데 그래?"

"아무래도 조덕구가 네크로맨서 같아."

"네크로맨서?"

무혁은 자신이 조사한 내용을 이야기해 주었다.

지문과 DNA의 설명에서 살짝 힘들어했지만 결국 세바스 찬은 이해했다.

"조덕구는 네크로맨서가 아니라 네크로맨서가 만든 키메 라인 것 같아."

"키메라?"

"지문의 주인과 머리카락의 DNA의 주인이 다르다는 사실 은 손과 머리의 주인이 다르다는 걸 의미해. 즉 두 사람 혹은 더 많은 사람을 이어 붙였다는 말이지."

인간의 면역 시스템은 타인의 장기를 적으로 여기고 공격 해 파괴한다.

장기 이식이 어려운 이유는 바로 이 때문이다.

그런데 목과 몸을 이어 붙인다?

지구의 의학을 월등히 뛰어넘는 수준이다.

"마법이 만능이라고는 하지만 믿기 어려운 일이야."

"네크로맨서들은 가능해. 뱀이나 사자나 소와 인간을 합성 해 키메라를 만들기도 하니 인간과 인간의 조합은 우스운 수 준이지."

"조덕구가 키메라라면 그 뒤에 네크로맨서가 있다는 말이네."

"아마도 그렇겠지."

"키메라의 능력은 어때?"

"한마디로 단정 지을 수 없어. 네크로맨서가 어떤 목적으로 키메라를 제조했는지가 중요하겠지."

"인간을 조합했으면 신체 능력은 인간일 것 아냐."

"이미 네크로맨서는 조덕구의 몸에 매혹마법을 인챈트했어. 그가 또 어떤 수작을 부렸을지는 신만이 아실 거야."

"……"

문제가 더욱 심각해졌다.

무혁은 아마도 뒤따라오고 있을 요원을 호출했다.

"로미를 경호하고 있는 인력이 있습니까?"

ㅡ2인으로 이뤄진 2개 조가 두 대의 차량으로 근접경호하고 있습니다.

"특별한 사항은요?"

ㅡ은색 BMW차량으로 춘천고속도로에 진입했습니다. 내부는 짙은 선팅 때문에 식별이 불가능합니다.

"요원을 확충해 주십시오. 절대로 차량을 놓치면 안 됩니다."

ㅡ확충이라시면 어느 정도를 말씀하시는지…….

"가용할 수 있는 모든 자원을 동원하세요. 위급 상황입니다."

─알겠습니다. 생연에 주둔하고 있는 특수임무대를 투입시키겠습니다. 헬기로 이동하면 15분 내에 따라잡을 수 있을 겁니다.

통신을 마친 무혁은 무섭게 액셀러레이터를 밟았다.

12기통 트윈터보 5,513cc 엔진이 뿜어내는 517마력의 힘이 3.8톤에 달하는 벤츠 S600 풀만 가드를 거세게 밀어붙였다.

* * *

어두운 도로가 파도가 달려들 듯 밀려오고 있었다.

지나치는 자동차의 헤드라이트가 동공을 파고들었다.

조덕구는 눈을 비빈 다음 승용차 조수석에 누워 있는 로미를 바라보았다.

로미는 의식을 잃고 기절해 있었다.

로미를 기절시킨 사람은 조덕구 본인이었다.

'내가 왜 그랬지?'

전화를 걸어 로미를 만나고 태우고 기절시켰다.

전화와 만남까지는 이해가 가는데 왜 기절시켰는지는 도무지 알 수 없었다.

한참을 고민하던 조덕구는 이유를 찾아냈다.

'카이탁 때문이야.'

그동안 연락이 없었던 카이탁에게 전화가 온 것은 그가 헬스클럽을 나오고 나서 얼마 지나지 않아서였다.

카이탁은 로미를 만날 것을 명령했다.

'어차피 만날 생각이었어.'

만날 생각이었다고 대답하자 카이탁은 몇 가지 명령을 더 내렸다.

'그 명령들이 기억이 안 나.'

기억이 나든, 나지 않든 조덕구는 로미를 기절시켰고 차를 몰았다.

조덕구의 목적지는 강촌의 한 별장이었다.

문제는 조덕구가 그 별장에 한 번도 가본 적이 없다는 데 있었다.

'그런데도 난 길을 잘 아는 것처럼 운전을 하고 있어.'

머리가 아파왔다.

관자놀이가 송곳으로 찌른 듯 욱신거렸다.

더 이상은 생각을 이어갈 수 없었다.

'상관없잖아?'

결론을 내린 조덕구는 생각을 멈추고 본능에 몸을 맡기기로 했다.

강촌IC를 빠져나온 조덕구의 승용차가 강촌역 방향으로 달리다 창촌리 방향으로 우회했다.

"아무래도 목적지가 가까워진 것 같습니다."

요원의 보고를 받은 무혁은 잠시 고민했다.

무혁이 몰고 있는 벤츠는 아직도 조덕구의 자동차와 물리적으로 10분 이상의 거리를 두고 있었다.

'경로를 차단해서 로미를 구할 것인가, 아니면 목적지를 확인할 것인가.'

답은 한 가지였다.

차량 통행이 잦은 고속도로와 국도에서 작전을 할 수 없어 뒤쫓기만 했지만 이젠 상황이 달라져 조덕구의 자동차는 인적이 드문 산길을 달리고 있다.

'조덕구가 가려 했던 목적지는 범위가 좁혀졌으니 수색으로 찾으면 되는 문제고.'

결정을 내린 무혁은 재빠르게 명령을 내렸다.

"특수임무대의 위치는요?"

─헬기로 상공에서 대기 중입니다.

"특수임무대에게 길을 차단하라고 하세요. 저격수 전개시키고. 추격팀은 뒷길을 차단하시구요. 그렇지만 더 이상의 접근은 불허합니다."

─차단만 하고 지켜보라는 말씀입니까?

"그렇습니다."

무혁은 니콜을 호출했다.

[위치는?]

[조덕구의 후방 200m 지점이에요.]

[전방에서 길을 차단할 거야. 접근해서 상태를 확인할 수 있겠어?]

[네.]

이동하면서 조덕구의 정체가 네크로맨서이거나 키메라일지 모른다는 설명을 들은 니콜이지만 그녀의 목소리는 조용하면서도 단호했다.

무혁은 다시 니콜을 불렀다.

[니콜.]

[네?]

[조심해야 해.]

[걱정 마요.]

연락을 마친 무혁은 액셀러레이터에 강하게 힘을 주었다.

UH-60 헬리콥터가 먼지를 친구 삼아 산길을 막고 내려섰다.

"빨리 움직여."

재촉하는 특수임무대 대장의 목소리가 무색하게 특수임무

대원들의 행동은 재빨랐다.

특수임무대원들이 흩어지자 마지막으로 대장이 동작이 늦은 헬리콥터 조종사들을 채근하며 모습을 감췄다.

그 직후 멀리서 자동차의 헤드라이트 불빛이 보였다.

"저러다 충돌하는 거 아닙니까?"

헬리콥터 조종사의 걱정은 기우였다.

모습을 드러낸 BMW 528i 세단이 급브레이크를 밟으며 멈춰 섰다.

조덕구는 갑자기 나타난 검은 덩어리를 보고 급히 브레이크를 밟았다.

끼이이이익!

BMW 528i의 타이어가 비명을 지르며 땅바닥을 움켜쥐며 차체를 멈춰 세웠다.

"씨발~! 뭐야!"

검은 덩어리의 정체는 거대한 군용 헬리콥터였다.

"UH-60이잖아? 저놈이 왜 여기 있는 거야?"

헤드라이트 불빛에 의지해 주변을 살폈지만 인기척은 없었다.

"사고라도 난 건가?"

조덕구는 차 문을 열고 내려 헬리콥터를 향해 다가갔다.

투투투투투.

엔진은 꺼졌지만 아직도 로터가 돌고 있는 헬리콥터에는 사람의 모습이 보이지 않았다.

"뭐냐고!"

갑자기 마음이 급해졌다.

화도 치밀었다.

무언가 꼭 해야 할 일을 못 했을 때 느끼는 조급함이 원인이었다.

조덕구는 울부짖었다.

"난 가야 한다고!"

이유는 몰랐지만 가야 했다.

그것도 빨리.

최대한 빨리.

조덕구는 헬리콥터를 주먹으로 치기 시작했다.

차에서 내린 니콜은 글록을 빼 들었다.

조덕구가 차에서 내려 앞으로 향하는 모습이 보였다.

로미를 구하는 일이 우선이었다.

니콜은 몸을 낮추고 BMW로 다가갔다.

그때였다.

조덕구가 소리쳤다.

"난 가야 한다고!"

그리곤 헬리콥터를 주먹으로 치기 시작했다.

'미친놈.'

헬리콥터를 주먹으로 치다니 확실히 미친 짓이었다.

그러나 결과는 달랐다.

꽝!

꽝!

꽝!

놀랍게도 조덕구의 주먹은 헬리콥터의 동체가 두부라도 되는 양 푹푹 박혔다.

"……."

그 모습을 본 니콜의 움직임이 빨라졌다.

특수임무대 대장 최호일은 기가 막히다 못해 코까지 막힐 지경이었다.

"저거 사람이야?"

형체는 사람이지만 행동은 사람이 아닌 그 무엇이 헬리콥터를 맨주먹으로 부수고 있는 장면은 지극히 비현실적이었다.

최호일은 과거 자신의 부하였지만 지금은 직속상관이나 다름없는 무혁에게 통신을 시도했다.

상황을 전해 들은 무혁은 단호하게 말했다.

"이번 작전의 최우선 목적은 차에 타고 있는 여성의 안전한 구출입니다. 조덕구가 구출에 방해되는 경우에만 사격을 허락합니다."

명령권자의 말이니 어쩔 수 없지만 상황은 점점 더 도를 더해가고 있었다.

꽝!

꽝!

이제 조덕구는 헬리콥터를 부수다 못해 찢어내고 있었다.

조종사가 크게 한숨을 쉬었다.

"저게 얼마짜린데……."

"얼맙니까?"

문득 헬리콥터의 가격이 궁금해진 최호일이다.

"저놈은 일반 블랙호크가 아니라 페이브 호크 사양이라 120억 원이 넘습니다."

"비싸군요."

"비싸다마다요."

공군에서 파견 나온 조종사는 자신이 수행하고 있는 임무의 중요성을 깨닫지 못하고 있었다.

그러나 최호일은 차에 타고 있는 여성이 120억 원의 가치가 있는 페이브 호크 10대보다도 월등히 중요한 여성이란 사실을 잘 알고 있었다.

야시경에 528i로 접근하고 있는 여성의 모습이 보였다. 여성의 움직임은 고도로 훈련된 군인의 그것이었다.

니콜은 528i의 뒷좌석 도어를 열었다.

로미는 뒷좌석이 아니라 조수석에 있었다.

"로미, 로미!"

대답이 돌아오지 않았다.

니콜은 손가락을 로미의 코에 가져다 댔다.

다행히 로미는 숨을 쉬고 있었다.

뒷좌석에서 몸을 뺀 니콜은 조수석 도어를 열었다. 도어에 기대고 있던 로미의 몸이 미끄러지듯 쓰러졌다.

니콜은 도어를 잡고 있던 손을 놓고 로미를 받아 안았다.

쿵!

그때 도어가 열리면서 소음을 만들어냈다.

석상처럼 굳은 니콜은 조덕구를 살폈다.

헬리콥터를 부수고 있던 조덕구가 소리를 들었는지 몸을 돌렸다.

두 사람의 시선이 허공에서 얽혔다.

'젠장!'

니콜은 로미의 겨드랑이에 손을 넣고 뒤로 끌어냈다.

조덕구가 달려오기 시작했다.

모든 상황을 지켜보고 있던 최호일은 한 치의 망설임도 없이 명령을 내렸다.

"사격 개시!"

투다다다다!

투다당!

타타탕!

특수임무대원이 사용하는 각종 화기가 조덕구에게 집중되었다.

"……?!"

놀랍게도 족히 수십 발 이상의 총탄을 뒤집어쓴 조덕구는 아무런 타격을 받지 않은 듯 보였다.

크아아아앙!

조덕구가 자신이 곰이나 호랑이라도 된 것처럼 포효하며 속도를 높여 니콜에게 달려갔다.

최호일은 다시 한 번 명령을 내렸다.

"유탄 발사!"

명령이 끝나기가 무섭게 두 발의 40㎜ 유탄이 조덕구에게 집중되었다.

퍼펑!

펑!

이번에는 효과가 있었다.

조덕구가 바람에 날리는 가랑잎처럼 도로 밖으로 날아가 처박혔다.

"휴~! 무슨 저런 괴물이……."

하지만 안도도 잠시, 최호일은 눈을 의심할 수밖에 없었다.

"크아아앙!"

처박혔던 조덕구가 몸을 일으키더니 선불 맞은 멧돼지처럼 니콜에게 돌진했다.

그래도 폭파의 충격은 있었다.

평형감각이 흔들린 조덕구가 니콜 대신 528i를 들이받았다.

쫘과과광!

기차에라도 받힌 것처럼 반쯤 구겨진 528i가 종잇장처럼 날아 그대로 뒤집혔다.

"크아아앙!"

조덕구가 몸을 일으켰다.

니콜은 몸으로 로미를 보호하면서 글록으로 조덕구를 난사했다.

탕!

탕!

탕!

순식간에 한 탄창을 비운 니콜 앞에 조덕구가 섰다.

조덕구가 비릿한 미소를 지으며 손을 휘둘렀다.

"안 돼!"

니콜은 반사적으로 몸으로 로미를 덮었다.

최호일은 다급했다.

조덕구가 왜 유탄 두 발을 맞고도 멀쩡한지 의문을 가질 틈도 없었다.

그에게 중요한 건 지금 당장 조덕구를 저지하는 일이었다.

"저격수!"

호출과 동시에 대기하고 있던 저격수가 바렛 M82A1의 방아쇠를 당겼다.

"왜 굳이 이놈을 사용하라고 했는지 알겠어."

저격수는 자신이 상대해야 할 대상이 인간도 대물도 아닌 괴물이란 사실을 다시 한 번 깨달았다.

원래 저격수가 사용하던 저격 소총은 국내에서 개발된 K-14였다.

무혁은 K-14가 사용하는 7.62X51㎜ NATO탄으로는 특수 임무대가 상대해야 할 대상을 저지할 수 없다고 판단하고 강력하게 바렛 M82A1의 채용을 주장했었다.

탕!

저격수가 장비한 바렛 M82A1이 토해낸 .50 BMG탄이 니콜에게 손을 휘두르고 있던 조덕구의 뒤통수에 명중했다.

퍽!

18,000J라는 어마어마한 운동에너지가 조덕구의 머리를 곤죽으로 만들었다.

그리고 그 덕분에 니콜은 조덕구의 머리에서 뿜어져 나온 살점을 온몸으로 뒤집어쓰고 말았다.

살점 덩어리는 니콜에게 아무런 문제가 되지 않았다.

괴물 같은 생명력을 자랑하던 조덕구가 쓰러졌다는 사실이 더 중요했다.

하지만 그것은 니콜의 오판이었다.

그르르륵!

그르륵!

머리가 절반쯤 날아간 조덕구가 몸을 일으켰다.

순간 냉철하던 니콜의 몸이 얼음처럼 굳어버렸다.

"아~"

니콜도 적응 훈련 삼아 오크를 본 적이 있다.

그러나 무혁이나 세바스찬과 같이 오크나 구울 등의 몬스터를 직접 상대한 적은 없다.

바로 그 점이 니콜의 한계였다.

조덕구가 어기적거리며 니콜에게 다가왔다.

니콜은 아직도 의식을 잃고 쓰러져 있는 로미의 몸을 감싸고 최후를 대비했다.

이제 끝이다 싶었다.

그런데 그때 한줄기 빛이 조덕구와 부딪쳤다.

꽈꽝!

빛과 충돌한 조덕구가 10여미터쯤 뒤로 튕겨 나갔다.

빛의 정체는 바스타드 소드를 든 세바스찬이었다.

세바스찬이 웃으며 말했다.

"내가 왔어!"

니콜은 처음으로 세바스찬이 멋지다고 생각했다.

니콜을 안심시키기 위해 웃기는 했지만 사실 세바스찬은 심각했다.

'괴물! 내 몸통 차지에도 타격을 받지 않았어.'

오러를 둘러쓴 세바스찬의 몸통 차지는 족히 아름드리나무를 부러뜨릴 수 있는 위력이 있다.

그럼에도 불구하고 조덕구는 몸을 일으키고 있었다.

그르르륵!

그르륵!

조덕구의 몸에서 피어오른 검은 안개가 그의 몸을 감쌌다.

'불길해.'

세바스찬은 바스타드 소드에 오러를 불어 넣었다.

특유의 붉은 오러에 휩싸인 바스타드 소드를 든 세바스찬은 천상의 신군처럼 아름다웠다.

"하지만 내 상대는 되지 않아!"

세바스찬의 몸이 조덕구에게 화살처럼 쏘아갔다.

세바스찬이 조덕구와 전투에 들어가자 무혁은 니콜에게 달려갔다.

"괜찮아?"

"네, 괜찮아요."

"로미는?"

"의식을 잃었을 뿐이에요."

"로미를 데리고 차로 갈 수 있겠어?"

"해볼게요."

니콜이 굳은 몸을 억지로 움직여 로미를 끌고 벤츠로 이동하자 무혁은 자신의 바스타드 소드를 들고 세바스찬과 조덕구가 싸우는 현장으로 걸어갔다.

'용서할 수 없어.'

무혁은 진심으로 분노하고 있었다.

무혁의 분노와는 별도로 세바스찬은 당혹스러운 현실에 직면하고 있었다.

바위라도 동강내야 할 위력을 가진 바스타드 소드가 조덕구를 전혀 베지 못했다.

원인은 조덕구의 몸에서 흘러나온 검은 안개였다.

검은 안개가 생각을 가진 생명체처럼 꿈틀거리며 바스타드 소드를 잡고 늘어졌다.

"젠장, 뭐냐고!"

더 큰 문제는 따로 있었다.

검은 연기는 검을 방해하는 데서 멈추지 않고 오러가 먹이라도 되는 것처럼 빨아들이고 있었다.

"마나 흡수 마법까지?"

마나 흡수 마법 역시 네크로맨서의 장기 마법 중 하나다.

"먹고 죽어!"

세바스찬은 가진 마나를 모조리 바스타드 소드에 불어 넣었다.

검신을 감싸고 있던 붉은 오러가 길이를 더하더니 1m 이상 뻗어 나갔다.

세바스찬은 마치 광선검처럼 변한 바스타드 소드를 휘두르며 조덕구에게 달려들었다.

무혁은 아지랑이처럼 피어오른 자신의 오러와 세바스찬의 무지막지한 오러를 비교했다.

'체면이 말이 아니군.'

전투에 합류하려던 무혁은 생각을 바꿔 먹었다.

세바스찬은 무혁이 아는 가장 강한 생명체다.

그의 강함은 측정할 수 없다.

그러니 전투는 세바스찬의 몫이다.

오크 정도면 몰라도 무혁에게는 저 괴물을 상대할 실력은 없다.

세바스찬에 대한 믿음이 가져온 합리적인 판단이지만 그 생각은 크나큰 오판이었다.

세바스찬은 엄청나게 소모되고 있는 마나의 양에 당황하고 있었다.

기본적으로 지구는 생팀에 비해 마나의 농도가 지극히 희박했다.

때문에 생팀이면 하룻밤이면 모을 수 있는 마나의 양을 지구에서 채우려면 꼬박 열흘이 걸린다.

이런 마나가 무진장 사라지고 있었다.

생팀에서라면 세바스찬은 오러를 사용한 전투를 반나절 정도 지속할 수 있는 능력을 가지고 있다.

그런데 지구에서는 오러를 만들 때 필요한 마나의 양이 생텀에 비해 10배 이상 필요했다.

즉 전투 시간이 10분지 1로 줄어든 것이다.

'그래도 이 연기만 아니라면……'

문제를 더욱 심각하게 만들고 있는 것은 키메라의 검은 연기다.

오러를 먹이처럼 빨아들이는 검은 연기는 안 그래도 급격한 마나의 소모를 더욱 부채질했다.

전투가 지속될수록 세바스찬은 뒤로 물러날 수밖에 없었다.

광선검처럼 뻗었던 오러도 줄어들어 형태만 겨우 유지하고 있을 뿐이었다.

상황이 심상치 않게 흘러가자 무혁은 전투에 참가하기로 했다.

'죽이 되든 밥이 되든!'

무혁이 다가가자 세바스찬이 손을 흔들었다.

동시에 반지를 통해 세바스찬의 목소리가 들렸다.

[뒤로 물러나. 형이 어떻게 할 수 있는 상대가 아니야.]

[달리 방법이 없잖아.]

[이놈을 죽이기 위해서는 로미의 축복이 필요해.]

[축복?]

확실히 그랬다.

울도에서 세바스찬은 어렵지 않게 네크로맨서를 상대했다.

당시 세바스찬과 무혁은 로미의 축복을 받은 상태였다.

무혁은 니콜을 호출했다.

[니콜, 로미의 상태는?]

[아직 의식이 없어요.]

희망이 사그라졌다.

무혁은 다시 니콜에게 말했다.

[로미를 데리고 뒤로 물러서! 위험하면 뒤도 돌아보지 말고 도망치고.]

[두 사람은요?]

[알아서 할 거야.]

말은 그렇게 했지만 무혁이라고 딱히 방법이 있는 것은 아니었다.

'아냐, 믿는 구석은 하나 있어.'

니콜과 로미가 탄 벤츠가 후진하는 모습이 보였다.

부우우웅!

조덕구가 벤츠 쪽으로 움직이기 시작했다.

"어딜 가!"

세바스찬이 조덕구에게 달려들었다.

펑!

"크윽!"

세바스찬이 달려들던 속도보다 빠르게 뒤로 튕겨 나갔다.

'젠장!'

무혁은 바스타드 소드를 움켜쥐고 조덕구 앞에 섰다.

얼굴 절반이 날아간 조덕구는 그 자체로 공포의 다른 이름이었다.

다리가 후들거렸다.

세바스찬이 헉헉거리며 경고했다.

[형, 위험해! 비켜!]

비킬 수 없었다.

세바스찬은 길가 나무에 심하게 부딪친 후 거꾸로 처박혀 있었다.

'내가 아니면……'

조덕구가 달려왔다.

그르르르륵~!

무혁은 세바스찬에게 배운 대로 바스타드 소드를 사선베기로 크게 휘둘렀다.

스팡!

"……?!"

바스타드 소드는 조덕구를 감싸고 있는 검은 연기를 베었다.

물속에서 검을 휘두른 것 같은 저항감이 느껴졌다.

그런 느낌도 잠시, 바스타드 소드가 허망하게 검은 연기를 빠져나왔다.

몸을 베지 못했다.

'연기만 베고 말았어.'

서두름의 대가는 혹독했다.

단 한 번의 접촉으로 무혁이 가진 마나의 대부분이 사라졌다.

뿐만 아니라 조덕구가 마구잡이로 휘두른 주먹이 가슴에 적중했다.

꽝!

무혁은 구르듯 나르듯 뒤로 팅겨져 나갔다.

땅이, 하늘이, 부서진 자동차가, 세바스찬의 얼굴이, 조덕구의 얼굴이 어지럽게 시야를 어지럽혔다.

"끄으으윽!"

몸이 움직였다.

다행히 큰 부상은 아니었다.

항상 입고 다니는 은빛 사슬 갑옷이 치명상을 막아주었다.

'젠장… 젠장… 빌어먹을……'

억지로 몸을 일으킨 무혁은 바스타드 소드에 마나를 집중했다.

아지랑이 같던 오러마저도 생기지 않았다.

조덕구가 다가오고 있었다.

크르르르륵!

절망적이었다.

무혁은 천천히 뒤로 물러났다.

"…응?"

그때, 미약하지만 몸 안에 마나가 채워지고 있음이 느껴졌다.

세바스찬이 알았다면 기겁했을 만큼 빠른 회복이다.

어쨌든 한 번의 기회가 더 주어졌다.

무혁은 그 기회를 놓칠 생각이 없었다.

크아아아앙!

조덕구가 달려들었다.

'의식하지 않으면서 또한 의식하면서…….'

집중을 하자 바스타드 소드에 눈에 보이지 않을 정도로 투명한 아지랑이가 피어올랐다.

크아아아앙!

이번에는 한 발을 크게 앞으로 내민 무혁은 바스타드 소드를 다시 한 번 사선으로 휘둘렀다.

스팟!

검은 연기를 베는 살짝 진득한 느낌.

그리고 이어서 불쾌한 저항감이 손을 통해 전해졌다.

반쯤 남은 조덕구의 얼굴에 왜, 라는 의문부호가 새겨졌다.

"넌, 베인 거야."

무혁의 선언에 대답이라도 하는 것처럼 조덕구의 몸이 사선으로 분리되어 무너졌다.

다가온 세바스찬은 움직일 기운도 없는지 바스타드 소드를 지팡이 삼아 기대서서 물었다.

"어떻게 된 거야?"

"보다시피 내가 단칼에 죽였지."

"아냐. 아마 내가 거의 죽여놓은 걸 형이 운 좋게 마무리한 걸 거야."

"솔직하지 못하구나."

"아~ 몰라. 죽도록 피곤해."

조덕구를 막아선 행동은 오만도 치기도 아니었다.

무혁은 자신이 조덕구를 벨 수 있으리라는 가정을 세웠다.

그 가정은 평소 로미가 무혁에게 강조하던 말이 원천이었다.

—오빠는 유리아 여신의 축복을 받았어.

로미는 유리아 여신의 신관이다.

로미는 신성력으로 네크로맨서를 날려 버렸다.

그렇다면 나도 할 수 있다.

터무니없이 낙천적인 가정에서 시작된 도박은 잭팟을 터뜨렸다.

기쁨은 또 있었다.

니콜에게서 통신이 들어왔다.

[로미가 깨어났어요.]

[상태는?]

[자신이 왜 조덕구에게 관심을 가졌는지 모르겠다네요. 아마도 조덕구가 죽자 마법이 풀린 모양이에요.]

[다행이야. 마무리하고 갈게. 잠시 쉬고 있어.]

[알았어요.]

조덕구가 죽었고 로미는 깨어났다.

그것으로 사건은 마무리됐다.

전투 현장은 폭격이라도 맞은 것처럼 황폐해 있었다.

까아아악!

까마귀 한 마리가 허공을 맴돌고 있었다.

'불길해.'

무혁의 마음을 아는 것처럼 까마귀가 서쪽으로 사라졌다.

"응? 저놈 왜 저래?"

날아가던 까마귀가 끈 떨어진 연처럼 곤두박질쳤다.

'농약이라도 잘못 먹었나?'

검은 전투복을 입은 사내가 다가오며 물었다.

"뭐가?"

"아~ 아닙니다, 최 대위님."

사내는 군 시절 무혁의 상관이었던 최호일이다.

"대위가 아니라 대장이지."

"특수임무대 대장이 최 대위님이셨군요. 대위에서 대장이라니, 엄청나게 승진하셨습니다."

"하하하, 그 썰렁한 부장님 농담은 여전하구만. 그나저나……."

최호일은 쓰러진 조덕구를 바라보며 말했다.

"이 괴물은 뭔가? 자네와 저 외국인이 휘두른 건 또 뭐고……."

"……."

"하긴… 비밀이겠지."

"죄송합니다."

"아닐세. 당연한 일인걸. 상상하지 못할 엄청난 경험을 할

거라는 김 사장님의 이야기는 들었었지만, 솔직히 이 정도일
지는 몰랐네. 그럼 이제 뒤처리를 어떻게 해야 하나?'

무혁은 고민했다.

조덕구의 시체에는 장기이식을 획기적으로 발전시킬 수
있는 엄청난 비밀이 숨겨져 있다.

이 기술의 가치는 금전으로 환산하기 힘들 정도다.

'생텀에 알리는 게 정상이야. 그러나 너무 아깝잖아.'

무혁은 최호일에게 말했다.

"시체는 생연으로 옮겨주십시오. 당연히 극비입니다. 그리
고 현장 주변을 탐색해 조덕구의 목적지도 알아봐 주십시
오."

"시체는 생연 연구팀에 맡기겠네. 수색은 내가 책임지지.
그밖에 전할 사항은?"

"지금은 없습니다. 수일 내로 제가 생연에 방문하겠습니
다."

"알았네."

연락을 받고 도착한 생연 연구팀이 정리에 들어가자 무혁
은 일행과 함께 집으로 돌아왔다.

*   *   *

카이탁은 손을 흔들어 패밀리어 마법을 해제했다.

가벼운 손짓이 시야를 대신해 주고 있던 까마귀의 생에 마침표를 찍었다.

계획은 단순했다.

로미를 납치하는 것.

그리고 그녀의 살점을 헤집는 것.

그것만이 불의의 일격으로 자신을 소멸 직전까지 몰고 갔던 유리아의 창녀에게 할 수 있는 유일한 복수였다.

복수는 투르칸 신이 네크로맨서에게 부여한 또 하나의 이름이다.

그 집념은 절대적인 권위를 갖는 대신관의 명령마저 무시할 만큼 강력했다.

하지만 소멸의 위기를 겪은 후 완전히 회복하지 못한, 본신의 힘을 10분지 1도 발휘할 수 없는 몸이 문제였다.

현재의 몸 상태로 유리아의 신관 앞에 나선다?

검신을 입에 물고 등짐을 진 후 앞으로 넘어지기보다 무모한 행동이다.

그러나 카이탁은 네크로맨서!

네크로맨서의 진정한 힘은 그 자신에게 있는 것이 아니라 그가 만들어내는 키메라에 있다.

카이탁은 재료를 물색하기 시작했다.

그리고 찾아냈다.

카페 유리아를 관찰하다가 발견한 조덕구는 단숨에 카이탁의 흥미를 끌었다.

조덕구는 능력에 걸맞지 않게 턱없이 높은 자존심과 암울한 현실 사이의 괴리를 처절한 자기 합리화로 메워 버리는 비틀어진 자기애의 화신이었다.

실력이 뒷받침되지 않는 꿈은 이뤄지지 않는다.

이런 현실을 외면하고 실패의 원인을 변명으로 일관하는, 패배자는 인간형 키메라의 가장 좋은 재료다.

카이탁은 조덕구를 납치했고 네 명의 인간을 사용해 걸작을 만들어냈다.

가장 심혈을 기울인 부분은 역시 매혹마법이었다.

보통의 경우라면 평생 순결과 복종을 맹세한 유리아의 종과 매혹마법은 상극이라 무용지물이다.

그러나 카이탁이 굳이 하나뿐인 서큐버스의 알까지 사용하면서 매혹마법을 고집한 이유는 로미 때문이다.

인간의 심리에 대해 탁월한 지식이 있는 카이탁은 로미가 동양인 남자에게 유리아의 종이 가져서는 안 되는 특별한 감정을 가지고 있다는 사실을 알아차렸다.

예상은 적중했다.

조덕구는 로미에게 매혹마법을 걸었고 성공했다.

그렇게 잘 진행되던 계획에 차질이 생긴 시점은 동양인 남자가 조덕구의 뒤를 캐기 위해 나타난 그 순간이었다.

동양인 남자는 탁월한 능력을 발휘해 조덕구의 정체를 밝혀 나갔다.

마음이 급해진 카이탁은 조덕구에게 로미의 납치를 명령했다.

결론적으로 유리아의 종을 납치해 살을 헤집겠다는 계획은 무참히 실패했다.

계획을 무너뜨린 사람은 로미가 좋아했고 울도에 자신의 행사를 방해했던 바로 그 동양인이다.

'문무혁이라고 했지?'

지구인인 문무혁이 마나와 오러를 사용한다는 사실은 무척 중요하다.

그러나 그보다 더 중요한 사실은 문무혁이 유리아 여신의 신성력까지 발휘한다는 점이다.

대신관의 명령을 어기고 보물인 서큐버스의 알까지 사용하고서도 로미의 납치에 실패한 자신의 죄마저 성공으로 인정될 만큼 말이다.

"켈켈켈켈."

카이탁은 특유의 웃음으로 자신의 성공을 마음껏 자축했다.

＊　　　＊　　　＊

집으로 돌아오는 벤츠 안은 조용했다.

니콜은 말없이 운전에만 집중했고 피곤에 찐 세바스찬은 곯아떨어졌다.

로미는 눈을 감고 무언가를 생각하는 듯했다.

무혁 역시 침묵했다.

질문은 산처럼 쌓여 있었다.

그렇지만 지금 로미에게는 충분한 휴식과 최대한 빨리 자기혐오에서 벗어나는 일이 중요했다.

집으로 돌아오자마자 로미는 침실에 틀어박혔다.

세바스찬은 로미의 침실 앞에 가부좌를 틀고 앉아 마나를 축적하기 시작했다.

니콜은 말없이 자신의 방으로 들어갔고 무혁은 이 사건을 어떻게 올리비아에게 알려야 할지 고민에 빠졌다.

로미는 스스로를 경멸하고 있었다.

"여신께 바쳐진 몸으로 한낱 매혹마법에 걸려 허우적거렸어. 이는 내 신앙심이 부족했기 때문이야."

그러나 로미의 자책은 사실이 아니었다.

로미는 자신의 왜 매혹마법에 걸렸는지 정확히 알고 있었다.

'그 사람 때문이야.'

잘생기지도 강하지도 멋지지도 않은 그 남자는 로미의 마음을 온통 흩트려 놓았다.

'그때였어.'

가슴에 구멍이 뚫려 죽어 있는 무혁을 처음 본 순간, 이 남자가 자신과 절대로 끊어지지 않을 끈으로 연결되어 있음을 알았다.

그것은 운명이라고 해도 좋고, 인연이라고 해도 좋은, 그런 감정이었다.

'그러나 그는 죽어 있었지.'

유리아 여신은 무혁의 죽음을 바라지 않았다.

반쯤은 포기 상태로 펼친 신성력에 무혁이 살아났을 때 로미는 확신했다.

무혁은 자신처럼 유리아 여신의 축복을 받은 종이었다.

로미는 여신의 명에 따라 무혁에게 매일 저녁 신성력을 베풀었다.

효과가 있었다.

무혁은 지구인으로서는 처음으로 마나를 느꼈고 오러도 익혔다.

처음에는 해냈다는 성취감이었다.

그러나 성취감은, 동질감으로, 동질감은 또 다른 감정으로 모습을 바꿔 로미의 마음을 아주 조금씩 잠식했다.

바로 그 마지막 감정이 문제였다.

사랑이라는 이름을 가진 마지막 감정은 로미의 마음속에 아주 작은 틈을 만들었다.

때마침 매혹마법이 그런 마음의 틈을 교묘하게 비집고 들어왔다.

사랑을 모르는 사람에게 매혹마법은 효과가 미약하다.

사랑을 아는 사람에게 매혹마법은 효과가 탁월하다.

그러나 진정 매혹마법이 극적인 효과를 발휘하는 경우는, 이루어지지 않는, 혹은 이루어질 수 없는 사랑을 하는 사람이 대상일 때다.

스스로는 몰랐지만 로미의 경우가 그랬다.

로미는 무릎을 꿇고 기도를 올리기 시작했다.

"제 삶을 주관하시는 완벽하며 고결한 여신님, 저를 징죄해 주세요."

답이 없었다.

기도는 이어졌다.

"전 어떻게 해야 하나요."

여전히 답은 없었다.

언제나 답을 내려주던 유리아 여신이기에 로미는 더욱 절망했다.

'모두 나 때문이야. 여신님은 언제나 진실을 원하셔.'

로미는 여신에게 진실을 고백했다.

"여신님, 저는 무혁 오빠를 좋아하는 것 같아요. 여신님의 종으로 평생을 살겠다고 맹세한 저이기에 그 죄는 가늠할 수 없을 만큼 커서 미천한 종은 속죄의 방법을 모르겠어요. 저에게 길을 주세요."

간절한 기도는 새벽 햇살이 밤의 어둠을 몰아내고 승리의 찬가를 부르는 그 순간까지 이어졌다.

드디어 여신이 응답했다.

백색 빛이 부드럽게 로미를 감쌌다.

"아~"

로미는 왜 자신이 무혁을 사랑하게 되었는지 깨달았다.

사랑 또한 여신의 뜻이었다.

언제나 자애로운 여신이 로미에게 사랑을 허락했다.

하지만 그 사랑은 사랑이면서 사랑이 아닌, 그런 사랑이었다.

답을 얻은 로미는 웃으며 말했다.

그 웃음은 너무나 처연해서 웃고 있음에도 울고 있는 것처럼 보였다.

"좋, 여신님의 명을 받들겠습니다."

그렇게 로미는 대답했다.

제19장

소도둑

Sanctum

무혁에게 키메라에 대한 보고를 받고도 올리비아는 의외로 차분한 반응을 보였다.

그러나 질책까지 차분한 것은 아니었다.

올리비아는 매섭게 무혁의 행동을 타박했다.

"당연히 나에게 연락을… 아니, 보고를 했어야 하지 않나요?"

"워낙 상황이 급해서 그렇게 됐습니다."

"말이 되지 않아요. 그 정신에 한국 정부와는 잘도 연락을 했군요."

"아무래도 팀이 근접경호를 하고 있어서……."

"핑계일 뿐입니다. 당신은 엄연히 생팀 코퍼레이션 소속 직원이 아니던가요?"

변병의 여지가 없다.

무혁은 중얼거렸다.

"맞습니다. 가이드죠."

그 말을 올리비아가 들었다.

"언제는 옵저버라면서요?"

"……."

"정말 실망이에요."

결정타를 날린 올리비아가 사무실을 나가 버렸다.

"휴~"

그러나 안도도 잠시였다.

잠자코 지켜보고 있던 말콤이 입을 열었다.

"한국 정부에서 구성한 팀이 자네와 일행의 경호 임무를 맡는 건 미리 양해가 된 일이니 상관없어. 그런데 별도의 무장 병력이 동원된 사실은 용납하기 힘들어."

평소 성격답게 말콤의 지적은 정론이었고 그래서 반박하기 힘들었다.

변명하기 힘든 일이 벌어졌을 때 가장 현명하게 빠져나갈 수 있는 방법은 역시나 책임 전가다.

더욱이 책임을 전가할 대상이 말콤이 직접 확인을 하기 힘든 상대면 금상첨화다.

무혁은 일말의 양심의 가책도 느끼지 않고 책임을 전가했다.

"제가 부른 것이 아니라… 경호팀에서 자의적으로 불렀습니다. 워낙에 조덕구, 아니, 키메라가 강해서요. 유탄을 뒤집어쓰고도 멀쩡하고, 50구경 저격총에 직격해 머리가 터져 나갔는데도 움직였습니다. 게다가 세바스찬의 오러까지 막아내니 경호팀도 다른 방법이 없었겠죠. 안 그래, 세바스찬?"

엉겁결에 공을 넘겨받은 세바스찬도 숨기고 싶은 비밀이 있다.

무혁을 통해 한국 정부와 비밀리에 체결한 영지 발전 조약이 그것이다.

세바스찬은 전적으로 무혁의 말에 동의했다.

"나도 죽을 뻔했다고. 키메라가 얼마나 강하던지……."

그러나 말콤은 그런 유치한 변명에 넘어갈 만큼 호락호락한 남자가 아니었다.

"순서가 틀렸어. 유탄과 저격총은 경호팀이 아니라 경호팀이 나중에 불렀다는 전투 병력이 발사했잖아."

말콤은 사진 몇 장을 던지듯 넘겨주었다.

사진을 확인한 무혁의 얼굴이 껌 종이처럼 구겨졌다.

초단위로 찍힌 위성 적외선 사진 속에는 무혁이 보고 겪었던 전투가 상황별로 일목요연하게 나열되어 있었다.

'젠장, 누가 돈이 썩어나는 미국 아니랄까 봐.'

그렇다고 이제 와서 무기력하게 백기를 들 수는 없다.

무혁은 이런 상황에서 쓸 수 있는 최선의 카드를 내밀었다.

바로 적반하장이다.

무혁은 안면을 몰수하고 따지기 시작했다.

"저야 로미를 구하는 데 정신이 없어서 그랬다지만 말콤 대장은 이렇게 위급한 상황을 손바닥 내려다보듯 알고 있었으면서 아무런 조치도 안 취했다는 말입니까? 아니, 그전에! 위성까지 동원해 우리를 감시하면서도 미리 한마디 언질도 없었군요."

이번에는 말콤이 당황할 순서다.

사실 위성을 통해 로미의 납치를 인지한 후에도 말콤이 할 수 있는 일은 거의 없었다.

엄연히 대한민국은 주권국가다.

게다가 북한과 첨예하게 대치하고 있는 휴전국가로 휴전선을 중심으로 남북 20km 이내에 무려 100만의 정규군이 밀집되어 총칼을 겨누고 있다.

이런 상황에서 신고되지 않은 무장한 병력을 이동시킨다?

한국군이 생텀 코퍼레이션의 보안대를 무장공비라고 오인해 공격해도 변명의 여지가 없다.

코너에 몰린 말콤은 주제를 바꿔 공격했다.

"그건 그렇다 치고, 키메라의 사체를 왜 넘긴 건가. 키메라는 매우 중요한 연구 자산이란 말일세."

무혁은 다시 책임 떠넘기기 스킬을 사용했다.

"당연히 저도 가져오고 싶었죠. 그렇게 귀중한 연구샘플을 가져오면 생텀 코퍼레이션에서 가만있겠습니까? 아마도 저에게 엄청난 보너스를 지급했겠죠. 안 그렇습니까?"

"그야……."

"그런데 그쪽 책임자가 그러더군요. 부연하자면 총을 든 책임자였습니다. 그는 키메라 제조에 사용된 사람은 한!국!인!이고, 한국인이 한국 영토에서 죽었으니 그 시체는 한국 정부 소관이라고 말했습니다. 제가 뭐라고 할 수 있었겠습니까. 아시다시피 전 한국 국민 아닙니까?"

"끄으으응!"

말인즉슨 옳다.

옳지만 성질이 난다.

솔직한 심정이다.

말콤이 어떻게든 무혁에게 꼬투리를 잡으려 할 때 올리비아가 돌아왔다.

"그만하세요. 해결됐어요."

"해결이라니요."

"한국 정부와 키메라를 절반씩 나누기로 협의했어요. 미리 무혁 씨가 잘 나눠놔서 일이 쉬워졌네요."

분명한 비꼼이다.

그 비꼼 속에는 무혁이 숨기고 있던 비밀에 대한 질책도 숨겨져 있었다.

올리비아는 멋쩍어 머리를 벅벅 긁고 있는 무혁에게 말했다.

"지금까지 당신이 오러를 익혔다는 사실을 보고하지 않은 건은 덮어두겠어요. 또한 한국 정부와 모종의 관계를 유지하고 있다는 사실도 불문에 붙이겠어요."

보고 의무 위반이야 그렇다 쳐도 한국 정부와의 관계까지 눈감아준단다.

따지고 보면 무혁은 국가를 상대로 한 스파이는 아니지만 엄연한 산업스파이다.

"지금 이 시간부로 당신은 샘텀 코리아에서 해고됐어요."

"네?"

올리비아의 선언은 폭탄처럼 무혁의 머릿속을 헤집어놓았다.

놀란 이는 비단 무혁만이 아니었다.

의자를 박차고 일어난 세바스찬이 올리비아에게 소리쳤다.

"말도 안 됩니다. 당신은 형을 해고할 권한이 없습니다."

올리비아가 냉정하게 대꾸했다.

"직원의 해고는 어디까지나 나의 권한이에요."

로미도 나섰다.

"분명 전 오빠가 아니면 다른 사람을 윕!저!버로 받아들이지 않겠다고 했을 텐데요."

"알고 있어요."

무혁은 이 상황에서도 두 사람이 자신을 형과 오빠로 불러 줘서 눈물 나게 고마웠다.

다만 니콜은 말이 없었다.

'서운할 일은 아니지. 니콜은 엄연히 생텀 코퍼레이션, 아니, 미국 소속이니까.'

어쨌든 졸지에 실업자가 됐다고 생각하니 기분이 복잡해졌다.

올리비아는 세 사람의 반응을 지켜보더니 말했다.

"한 가지는 확실히 알겠어요. 무혁 씨는 내가 예상했던 이상으로 로미와 세바스찬의 신망을 얻고 있군요."

지금 이 상황의 칭찬은 의미 없는 공치사다.

'그래놓고 잘라?'

무혁은 한껏 비꼬아 말했다.

"전적으로 제가 잘나서죠."

그런데 예상치 못한 반응이 돌아왔다.

"인정해요. 육체적인 측면이나 정신적인 측면, 모두 예상을 월등히 뛰어넘었어요. 그게 무혁 씨 본신의 능력 때문인지 아니면 제가 모르는 어떤 계기가 있었는지는 모르겠지만요."

칭찬인지 욕인지 모르겠다는 게 솔직한 심정이다.

세바스찬이 다 필요없다면서 손을 흔들었다.

"전 반대입니다."

로미는 한발 더 나갔다.

"그 조치를 취소하지 않으시면 저와 세바스찬은 생팀과 맺은 모든 계약을 파기하겠어요."

"당연합니다."

세바스찬이 맞장구를 치자 올리비아가 웃으며 말했다.

"한국말은 끝까지 들어봐야 한다는 속담이 있다죠? 제 말도 끝까지 들어보세요. 무혁 씨는 생팀에서 해고된 이후에도 지금까지 해왔던 일을 계속하게 될 거예요."

"그 말의 뜻은……."

"솔직히 말하죠. 이번에 벌어진 키메라 사건은 한국 정부와 생팀 코퍼레이션과의 관계에 엄청난 영향을 끼쳤어요. 한국 정부는 로미와 세바스찬이 겪은 위협의 직접적인 원인을 생팀 코퍼레이션에 있다고 규정했어요. 로미와 세바스찬이 가지는 중요성에 비춰볼 때 다시는 같은 사건이 되풀이되어서는 안 된다는 사실을 강조하면서요."

무혁은 내심 탄성을 질렀다.

'내 잘못은 줄이고 남의 잘못은 최대한 부풀린다. 협상의 최고 원칙이지. 누군지 몰라도 정부에 똑똑한 양반이 있었어.'

올리비아의 말은 이어졌다.

"한국 정부는 원활한 커뮤니케이션을 위해 무혁 씨와의 정기적인 만남을 원했어요. 지금까지 우리 몰래 무혁 씨와 정기적으로 접촉해 왔다는 사실은 슬쩍 무시하면서요. 어쨌든 한국 정부의 말대로 키메라 사건의 잘못은 우리에게 있어요. 하지만 그렇다고 해서 덥석 한국 정부의 요구를 들어줄 수는 없어요. 이는 자존심 문제예요."

확실히 일리가 있다.

무혁은 엄연히 생텀 코퍼레이션의 직원이고 그런 무혁을 한국 정부에 보내 정기적으로 정보를 교환하게 한다?

잘잘못을 떠나 생텀 코퍼레이션으로서는 굴욕적이다.

"방법은 한 가지였어요. 무혁 씨를 해고하고 한국 정부 소속의 파견직으로 원래의 업무를 계속하게 하는 거죠."

일견 눈 가리고 아웅 하는 것처럼 보이지만 현실적인 해결책이다.

즉, 이 또한 어른들의 사정이란 이야기다.

어쨌든 무혁은 자신의 의지와 상관없이 졸지에 공무원이 되고 말았다.

'물 들어올 때 노저으라고 했지?'

무혁은 정부를 상대로 얼마의 연봉을 요구해야 할지 기쁜 계산을 했다.

* * *

김성한 박사의 집무실은 생연의 궁핍한 환경에 걸맞게 좁고 축축했다.

무혁은 그런 공간을 빽빽하게 채운 서적들의 미로를 헤치고 두 개뿐인 의자 중 하나에 앉았다.

김성한 박사는 컴퓨터에 코를 박고 업무를 보고 있었고 무혁은 굳이 그런 김성한 박사를 부르지 않았다.

'처음부터 지고 들어가면 안 돼.'

무혁은 느긋하게 책들의 제목을 읽기 시작했다.

'에드워드 맨넬 번즈의 서양문명의 역사, 브라이언 타이어니의 서양중세사, 쟈크 르 고프의 서양중세문명, 아우구스티누스의 고백록, 성 베니딕도 수도원 규칙, 아벨라르와 엘로이즈의 서간문, 스트레이어 J. R의 근대국가의 기원. 도선의 중세서구와 종교. 중세 수도원제도사, 아우구스트 프란츤의 교회사, 뒤비 G의 서기 1000년과 서기 2000년 그 두려움의 흔적들.'

제목을 읽는 것만으로도 머리가 지끈거렸다.

'평생을 연구만 하고 사는 인간들의 정신세계를 이해할 수 없어.'

보이지 않는 팽팽한 줄다리기가 10분가량 이어졌다.

결국 백기를 든 이는 무혁이었다.

"엉덩이 의자에 오래 붙이고 앉아 있기 종목은 박사님이 이기셨습니다. 다음 게임으로 넘어가죠."

"하하하, 솔직히 패배를 인정한다는 점이 내가 무혁 군을 높이 평가하는 부분이지."

김성한 박사가 사람 좋은 너털웃음을 터뜨리며 무혁 앞에 앉았다.

김성한 박사의 손에는 두 병의 자양강장제가 들려 있었다.

"일단 마시세. 난 레드불이니 몬스터니 하는 놈들보다 이놈이 좋더라구."

"자양강장제를 마셔가며 공부를 해본 적이 없어서요."

"뾰족하기는……. 더 둥글어져야 세상을 원만하게 굴러갈 수 있을 거야."

노인과의 말싸움을 이기는 청년은 없다.

살아온 인생의 길이가 다르고 그 깊이 또한 차이가 난다.

무혁은 말꼬리를 돌렸다.

"본론으로 들어가시죠."

"단도직입적으로 말해서 자네가 요구하는 연봉을 지급하기 힘드네."

"이유는요?"

"예산 때문이지……."

"제가 제공한 키메라의 가치만 해도 제 연봉의 수십 배는 될 겁니다."

"나도 알고 있지만, 예산 때문에……."

"제 피의 가치 역시 키메라에 못지않을 테구요."

"나도 위에 그렇게 이야기했지. 그런데 예산을 더 빼내기가 어렵다지 않은가."

"제가 세바스찬의 영지를 소개하지 않았다면 해모수 팀의 성공적인 임무 수행도 힘들었겠지요."

"내가 가장 강조한 부분이 바로 그 점이라네. 그런데 국회의원들 모르게 예산을 빼올 구석이 없다는데……."

늙은 너구리가 따로 없다.

그것도 보통의 늙은 너구리가 아니라 바늘 하나 들어갈 틈이 없는 강철 너구리다.

"제가 요구한 연봉이 겨우 1억입니다. 위험수당도 없고, 퇴

직금도 없고, 연금도 없고, 괴물과 싸워 다쳐도 의료보험도 없는 조건에 1억 말입니다. 그 정도도 못 해주신다니 정말 의욕이 상실되는군요."

"내 연봉은 6,000만 원이라네. 독일에서 받았던 연봉의 정확히 3분지 1이지. 뭐, 의료보험은 된다더군. 가장 좋은 점은 치과까지 보장된다는 점이었네."

"자랑스러우시겠습니다."

"나이가 먹으면 이가 부실해지는 법이지."

"겉으로 봐서는 차돌도 씹어 먹게 생기셨습니다."

"사람은 겉만 봐서는 모르는 법이라네. 자네도 젊어 건강하다 자신하지 말고 병원에 가서 종합검진이라도……."

밀린다.

한없이 밀린다.

게다가 말리고 있다.

이대로 가면 끝장이다.

무혁은 소리쳤다.

"박사님!"

"내가 비록 몸은 부실해도 아직 귀는 괜찮네."

"끄으응~!"

"속이 안 좋으면 사이다도 있는데……. 조금 미지근하기는 하지만."

더 이상은 어떻게 해볼 도리가 없다.

무혁은 물었다.

"그래서 얼마입니까?"

"딱 절반!"

"알고 봤더니 생연이 날강도 소굴이었군요. 신문사 다닐 때도 그 정도는 받았습니다. 생팀 코리아에서는 1억 이상이었구요. 섭섭합니다."

반박하고 있지만 무혁도 김성한 박사의 말에 동감하고 있지 않은 것은 아니다.

대한민국 정부의 보안 능력은 바닥에 가깝다.

군 장성이 미군에 군 기밀을 제공하고도 동맹국이라는 이유로 무죄를 받는 나라가 대한민국이다.

정치인들이 미국대사와 저녁 식사 한 끼에 감사하며 알고 있는 정보를 자연스럽게 넘겨주는 일도 허다하다.

그런 상황에서 현재의 생연을 만들고 예산을 만들어내고 보안을 유지하는 일이 얼마나 어려웠을지 충분히 이해한다.

그러나 아닌 것은 아닌 것이다.

'돈이 없다면 다른 걸 받으면 돼.'

머리를 굴린 무혁은 말했다.

"좋습니다. 하지만 조건이 있습니다."

"조건이라… 말해보게."

"우선 질문이 있습니다. 생연의 개발품은 어떻게 됩니까?"

"정부와 몇몇 대기업의 출자에 의한 별도 법인을 설립할 예정이네."

생텀 코퍼레이션의 한국판을 만든다는 소리다.

예상했던 대로다.

"이제 조건을 말하겠습니다. 그 회사의 지분을 주십시오."

"…지분을 말인가?"

"그렇습니다. 솔직히 말해서 5,000만 원 받고는 일 못하겠습니다."

"그래도 나라를 위해 하는 일 아닌가."

"역사 이래로 나라를 위해 목숨을 바친 사람이 잘되는 꼴을 못 봤습니다."

"허어… 이 사람."

김성한 박사는 한참 동안 무혁을 설득했다.

그러나 무혁은 완강하게 자신의 주장을 밀고 나갔다.

결국 김성한 박사는 대통령에게 무혁의 주장을 설명해야 했다.

통화를 끝낸 김성한 박사는 무혁에게 대통령과의 대화 결과를 설명해 주었다.

"지분을 주는 문제는 추후 언론이나 정치권에서 왜냐고 물어볼 가능성이 있네."

"그렇긴 하겠지만……."

"말은 끝나지 않았어. 대신에 스톡옵션을 제안하셨다네."

"CEO들의 목돈 만드는 방법 100가지에서 당당하게 1위를 차지하고 있는 그 스톡옵션 말입니까?'

"무슨 말인지는 모르겠지만 하여튼 스톡옵션 맞네. 설립될 회사의 주식 1만 주를 주당 5,000원에 살 수 있는 스톡옵션. 스톡옵션이라면 신설회사 설립시에 자네를 이사쯤으로 등재해서 경영상의 공을 치하하는 방법으로 처리할 수 있지 않겠나."

"……."

1만 주의 매입가격은 5,000만 원이다.

신설 회사의 주가 얼마나 오를지 모르지만 확실한 건 그 차액이 엄청날 것이란 사실이다.

'100만 원까지 오르면 100억이야. 200만 원까지 오르면 200억이고……. 아냐. 침착해라, 무혁아. 이 짠돌이들이 그런 대박을 선선히 내줄 리 없어. 어딘가 함정이 있을 거야. 함정이…….'

곰곰이 생각해 보니 역시나 함정이 있었다.

"아직 회사는 설립되지도 않았죠. 그러니 언제 상장한다는 일정도 없겠군요. 상장 안 하면 스톡옵션은 종이쪼가리 아닙

니까?'

"생팀 진출이 언제까지 비밀로 지속될 거라 생각하나. 모든 일에는 끝이 있는 법일세."

일리가 있는 의견이다.

영원이 유지되는 비밀은 없는 법이다.

그러나 아직도 함정은 남아 있었다.

"박사님의 말대로 이뤄진다고 해도 개인에게 주는 보수치고는 금액이 너무 많습니다. 아무리 저의 공이 많다고 해도 말입니다."

김성한 박사는 무혁의 어깨를 두드리며 말했다.

"그렇지 않아. 자네가 대한민국에 기여한 공헌은 생각 이상으로 대단하네. 이번 결정을 내린 대통령님의 말을 전하겠네."

"……."

"미국이 먹다 남긴 쓰레기만 뒤지던 대한민국에게 기회를 줘서 고맙다고 하시더군."

솔직히 의외였다.

무혁이 알고 있는 대한민국의 정치인들은 미국이란 나라에 대한 애정이 남다르다.

그들은 미국이 자신의 진정한 조국인 양 행동한다.

'대통령이 이렇게까지 나왔다니 더 이상 빼기는 곤란하

잖아.'

무혁은 어쩔 수 없이 기약 없는 보상을 대가로 하는 노예계약에 동의하고 말았다.

"알았어요, 알았다구요. 그건 그렇고 조덕구, 아니, 키메라는 어떻게 됐습니까?"

"생화학, 생물학, 분자생물학자들의 말에 의하면 그야말로 보물단지라고 하더군. 탐색 연구 결과 벌써 자기면역반응 억제제를 만들 수 있는 단서를 잡았다고 미쳐 날뛰더라고."

예상보다 연구 속도가 무척 빠르다.

그러나 그것만으로는 부족하다.

"키메라의 절반이 생텀 코퍼레이션에 있다는 사실을 잊지 마십시오. 연구가 늦어져 특허 경쟁에서 지면 아무짝에도 쓸 모없습니다."

"걱정 말게, 한국인의 빨리빨리 정신을 이길 수 있는 민족은 없네."

김성한 박사는 선생님에게 숙제를 검사받는 학생 같았다.

그 모습을 보고 있자니 문득 멋쩍어졌다.

실상 무혁은 생연에서 아무런 지위도 가지고 있지 않다.

그럼에도 불구하고 무혁은 마치 생연의 책임자처럼 행동했다.

무혁은 김성한 박사에게 고개를 숙였다.

"버르장머리 없이 굴어서 미안합니다."

김성한 박사가 무혁의 손을 잡았다.

"절대로 그런 생각 하지 말게. 대통령님의 말을 다시 거론하지 않더라도 자네는 존재 자체로 대한민국을 미국과 대등하게 만들었네. 자신을 조금 더 자랑스럽게 여겨도 될 거야."

그렇게 말해주니 고마웠다.

자부심도 느껴졌고 어깨도 무거워졌다.

'더 많은 정보에 접근할 수 있으면 좋겠지만 앞으로는 그럴 기회가 쉽게 오진 않겠지.'

그러나 그런 생각은 무혁의 오산이었다.

불과 며칠 후 무혁은 새로운 사건에 맞닥뜨리게 되었다.

*　　　*　　　*

예고도 없이 카페 유리아를 방문한 올리비아와 말콤은 넥타르에 찬사를 보냈다.

"정말 맛있어요. 정식으로 상품화를 하고 싶을 정도로요."

"이거 좋군. 정말 좋아. 대량생산만 가능하면 콜라도 이길 수 있을 것 같아."

무혁의 대답은 처음부터 정해져 있었다.

"현실적으로 불가능합니다. 로미 아니면 넥타르를 만들어

넬 수 없거든요."

"정말 아쉬워요."

올리비아는 정말 아쉬운 것 같았다.

무혁은 물었다.

"두 분이 고작 넥타르를 마시기 위해 이 먼 곳까지 오시지는 않았을 테고……. 무슨 일입니까?"

"맞아요. 이걸 보세요."

올리비아가 태블릿 피씨를 꺼내 동영상 하나를 플레이해 주었다.

드넓은 초원을 배경으로 리포트를 하는 기자의 모습이 보였다.

대관령 인근 산들 목장에서 도난 사건이 발생했습니다. 목장에서 키우고 있던 젖소 22마리가 하루아침에 사라진 것입니다. 경찰당국은 인근 지역의 CCTV 화면과 주민 탐문을 중심으로 수사를 벌이고 있습니다.

동영상을 다 보고난 무혁은 말했다.

"소 도난 사건이군요."

"겉으로는요. 실제로는 오크에 의한 소 약탈 사건이죠."

"강원도에 오크라구요?"

"그래요. 이걸 보세요."

올리비아는 동영상 대신 사진 한 장을 보여주었다.

스마트폰으로 찍은 것 같은 사진 속에는 소들을 끌고 가는 오크 몇 마리의 모습이 찍혀 있었다.

"사진을 찍은 사람이 SNS를 하지 않는 나이 지긋한 어르신이라 운이 좋게 외부로 퍼지기 전에 빼돌릴 수 있었어요. 물론 한국 정부의 협조가 있었죠."

"터널게이트가 또 오류를 일으킨 겁니까?"

"바로 그 점이 문제예요. 터널게이트는 아무런 이상이 없었어요."

"그렇다면……."

"여러분이 조사를 해주세요."

무혁은 말콤에게 말했다.

"보안부대는 뭘 하고 말입니까. 키메라 사건 이후 한국 정부와 협조 관계를 맺었으니 출동에는 지장이 없을 텐데요."

"당연히 출동했지. 출동했는데 오크를 발견했다는 보고 후 연락이 두절되었네."

"울도에서도 그랬고……. 보안부대의 능력이 의심되는군요."

무혁의 지적이 짜증이 났는지 말콤은 남은 넥타르를 단숨에 들이켜고 얼음을 우적우적 씹으며 말했다.

"오크 정도라면 보안부대가 충분히 처리할 수 있어. 생텀에서 날마다 오크를 잡는 사람이 누구라고 생각하나?"

"그렇다면 오크가 아니란 말입니까?"

"그걸 모르니 자네들을 찾아왔지. 이걸 보게."

말콤은 다시 한 장의 위성사진을 보여주었다.

"우리가 확인한 정보는 여기까지네."

"……."

위성사진에는 원시인들의 주거지역을 방불케 하는 촌락의 모습이 찍혀 있었다. 두말할 것도 없이 촌락의 주인은 오크였다.

마을의 규모로 보아 오크의 숫자는 100마리 이상으로 보였다.

"21세기 대한민국, 강원도에 오크마을이 있다는 말입니까?"

"믿기 어렵지만 그렇다네."

넥타르 빈 잔을 치우던 세바스찬이 끼어들었다.

"빨리 서둘러 소탕하지 않으면 큰일 날걸. 오크의 번식 속도를 무시했다가 큰코다친 영지를 여럿 알아."

"다 좋다 이거야. 오크가 나무에서 열리는 과일도 아니고 왜 강원도에 있냐고……."

"생텀에는 오크는 사막에도, 밀림에도, 북극에도, 황궁의 화장실에도 있다는 말이 있지."

"여긴 생텀이 아니잖아."

"말이 그렇다는 거지."

결론은 한 가지였다.

"또 네크로맨서군요."

"동의해요. 다른 가정을 할 수 없군요."

올리비아의 대답은 간결했다.

무혁은 다시 질문을 던졌다.

"지금까지의 정보를 종합해 보면 네크로맨서는 생텀에서 온 자가 분명합니다. 나름의 세력도 갖추고 있죠."

"그렇군요."

"더 이상 할 말이 없습니까?"

"없어요. 세바스찬, 넥타르 한 잔 더 부탁해요."

올리비아가 어색한 미소를 지으며 말을 돌렸다.

그 웃음을 보는 순간 무혁은 확신했다.

'거짓말이야.'

생텀 코퍼레이션과 네크로맨서 사이에는 모종의 관계가 있다.

의문은 그 관계가 어떤 관계냐는 것이다.

무혁은 의문을 숙제로 남겨두고 오크가 나타났다는 강원도로 떠났다.

　　　　　*　　　　*　　　　*

　서울에서 4시간을 달려 도착한 곳은 대한민국 최고의 원시림으로 손꼽히는 가리왕산 동쪽 사면의 한 목장이었다.

　목장 입구는 군부대가 통제 중이었다.

　무혁은 그곳에서 특수임무대 대장 최호일을 만났다.

　최호일은 검은 전투복 대신 무려 준장 계급장이 달린 군복을 입고 있었다.

　"먼 길 오느라 수고했네."

　"진급이 파격적입니다."

　"크크크, 한때는 이 별을 다는 게 내 평생의 꿈이기도 했지."

　꿈 대신 조국의 명령에 따른 군인은 씁쓸함을 감추지 못했다. 그러나 그것도 잠시 최호일은 웃음을 되찾았다.

　"현재 그것들이 있다고 알려진 가리왕산 어은동 계곡 북쪽은 현재 1개 사단병력이 봉쇄작전을 펼치고 있네. 지원받은 병력을 통제하려니 어쩔 수 없었다네."

　"그렇군요. 상황은 어떻습니까?"

　"무인정찰기가 보내 온 영상에 의하면 그곳에는 최소 100마리에서 최대 150마리의 그것이 있다고 판단되네. 그리고 그쪽에서 분실한 물건은 마을 서쪽 능선 반대편에 있어."

그곳은 오크마을, 그것은 오크, 그쪽은 생텀 코리아를 의미한다.

당연히 분실한 물건은 선행 투입되어 연락이 두절된 생텀 코리아 보안부대원들이다.

"물건의 상태는요?"

"상태랄 것도 없네. 모니터하던 우리 요원 두 명이 토하고 말았으니까."

"……."

각종 아티팩트와 현대식 무기로 무장한 12명의 보안대원이 전멸했다.

범인은 오크는 아니다.

말콤이 자신했다시피 오크는 그럴 능력도 없을뿐더러 설령 그랬다 하더라도 시체를 남겨둘 리 없다.

어디까지나 오크에게 인간은 식량에 불과하다.

최호일은 오크마을의 좌표가 찍힌 GPS단말기를 넘겨주었다.

"자네가 부탁했던 놈일세."

GPS를 넘겨받은 무혁은 미리 부탁했던 AWSM 저격총까지 챙겼다.

거기다 물과 전투식량에 침낭까지 챙기니 짐의 무게가

50㎏을 훌쩍 넘어섰다.

"무겁지 않겠나?"

"가뿐합니다."

"OPB(Ogre power bracelet) 때문인가?"

"그렇습니다."

"몇 개 구했으면 좋겠네만……."

최호일이 아쉬움과 부러움을 듬뿍 담은 눈빛으로 OPB를 쓸어 보았다.

사실 무혁도 그 생각을 안 해본 건 아니다.

앞으로 특수임무대가 상대해야 할 상대는 인간이 아닌 괴물들이다.

그 괴물들에게 기존의 무기 체계는 거의 효과가 없다.

그러나 무혁이 접근할 수 있는 OPB는 자기 것과 니콜 것뿐이다.

생텀코리아의 금고에 접근할 수 있는 방법이 없는 현재로써는 생각은 생각에 그칠 뿐이다.

'그러나 지금은 아니라구.'

손이 미치는 장소에 생텀 코리아 보안부대가 착용했을 OPB와 미스릴 조끼가 있다.

비록 시체가 입고 있던 물건이라지만 그 가치까지 훼손되지는 않는다.

오크마을로의 여정의 시작은 젖소들이 한가롭게 풀을 뜯었을 목장에서 시작되었다.

선두를 맡은 세바스찬은 발자국만으로 오크의 숫자를 단숨에 파악했다.

"모두 12마리야. 10마리는 성인, 그중 한 마리는 암컷, 그리고 나머지 두 마리는 새끼야."

"성인과 새끼의 구별은 그렇다 치고 발자국만으로 성별까지 맞추는 거냐?"

"수컷은 팔자걸음을, 암컷은 안짱걸음을 걷거든. 여길 봐."

"봐도 모르겠다."

솔직한 심정이다.

무혁의 눈에는 풀이 무질서하게 짓이겨져 있는 모습만 보일뿐이다.

기다렸다는 듯 세바스찬의 비난이 날아왔다.

"눈뜬장님."

질 수 없다.

"눈만 좋은 부엉이."

"오크 눈깔!"

"땅강아지."

로미가 승패를 판가름했다.

"세바스찬 오빠 승리."

무혁은 반발했다.

"왜 내가 진 건데?"

"땅강아지와 추격술에는 아무런 연관관계가 없어요."

"킁! 쓸데없는 순간에 진지하단 말이야."

긴장감 없이 떠드는 세 사람과 달리 니콜의 표정은 어두웠다.

"세 사람은 오크가 100마리 넘게 있다는데 두렵지 않아요?"

첫 경험은 언제나 떨리는 법이다.

자신도 그랬다.

무혁은 농담을 던졌다.

"원래 오크는 판타지 세계의 동네북이라구. 한마디로 껌이란 이야기지."

"그렇게 보이지 않던걸요."

"오크를 본 적이 있었나?"

"선갑도에서 한 번 봤어요. 끔찍한 경험이었어요."

무혁의 농담은 통하지 않았고 오히려 니콜의 불쾌했던 기억만 떠올리게 만들었다.

"걱정하지 마. 우리 로미의 축복 한 방이면 오크 따위는 썩은 허수아비일 뿐이라구."

"축복이라니요?"

그러고 보니 니콜은 축복을 경험하지 못했다.

백 번의 설명보다 한 번의 경험이 필요한 순간이다.

로미가 축복을 내렸고 부드러운 빛이 일행을 감싼 후 사라졌다.

"아~ 이런 거였군요."

니콜의 목소리는 밝아졌지만 표정은 여전히 굳어 있었다.

＊　　　＊　　　＊

목장을 벗어나 두 개의 능선을 지나자 보안부대가 전멸한 현장이 모습을 드러냈다.

현장은 아스팔트를 뿌려놓은 듯 검은 얼룩과 얼룩을 만들어낸 살점으로 치장되어 있었다.

검은 얼룩의 정체는 피였다.

"……."

"……."

"……."

"……."

너무나 비참한 모습에 모두가 말을 잃을 수밖에 없었다.

정신을 먼저 차리고 움직인 사람은 세바스찬이었다.

세바스찬이 손가락을 세워 입을 가리며 속삭였다.

"모두 뒤로 물러서."

"왜 그래?"

"오거야. 가까이 있어. 저 시체들은 식사거리로 남겨둔 거 야."

무혁이 알고 있는 오거는 산중의 제왕이라고 불리는 인간 형 몬스터다.

광폭한 습성과 엄청난 덩치 그리고 두터운 가죽을 자랑하 며 만나는 모든 생명체를 도륙한다.

일행은 소리를 죽이며 왔던 길을 거슬러 뒤로 물러났다.

세바스찬의 경고가 사실로 드러나기까지 걸린 시간은 불 과 몇 초에 불과했다.

쿠아아아아악!

거대한 트럼펫을 수백 개를 귀에 대고 동시에 부는 듯한 금 속성 소리가 능선 전체에 울려 퍼졌다.

오크의 머리를 찰흙으로 크게 빚은 다음 마음껏 짓눌러 버 린 것처럼 보이는 오거의 머리가 바위 위로 솟아올랐다.

"늦었어. 오거야."

"……"

오거를 본 무혁의 첫 소감은 질린다였다.

키가 5m쯤 되는 오거의 몸뚱이는 오크를 백 배쯤 키운 다음 고밀도로 압축한 것처럼 보였다.

그리고 그 단단한 몸을 악어의 가죽처럼 울퉁불퉁하고 단단한 표피가 갑주처럼 감싸고 있었다.

거대한 몸의 움직임은 비디오테이프의 빠름 버튼을 누른 것처럼 경쾌해 속도 감각이 이상해질 지경이었다.

니콜이 하얗게 질린 얼굴로 물었다.

"세바스찬, 이길 수 있지?"

세바스찬이 바스타드 소드를 고쳐 잡으며 대답했다.

"옛날이라면 장담할 수 없었겠지. 예전에 한 번 붙어본 적이 있는데 반나절을 싸우고도 승패를 가리지 못했거든. 하지만!"

바스타드 소드의 날에 오러가 불쑥 솟아올랐다.

"그러나 오늘은 다르지. 로미의 축복이 있거든!"

퉁!

세바스찬의 발이 지면을 찼다. 그 순간 이미 세바스찬은 오거에게 날아가고 있었다.

무혁은 AWSM 저격총을 오거의 머리에 겨냥했다.

로미가 다가와 말했다.

"잠시만요. 탄창을 주세요."

로미는 건네받은 탄창을 잡고 축원을 올렸다.

'오거가 드라큘라냐?

축원을 마친 로미가 말했다.

"축원받은 무기는 몬스터가 가진 마법방어력을 무효로 돌리는 권능을 가지고 있어요."

"키메라 잡을 때 네가 기절하지 않았다면 쉬웠을 텐데……."

"미안해요."

"그냥 해본 소리야. 신경 쓰지 마."

마법의 은탄환을 얻은 셈이다.

든든해진 무혁은 다시 오거를 겨냥했다.

오거와 세바스찬이 어울려 전투를 벌이고 있었다.

챙!

쿠오오오오!

채챙!

쿠오오!

공격은 세바스찬의 일방적인 우위였다.

세바스찬의 바스타드 소드가 번쩍일 때마다 오거의 가죽에 푸른색 실금이 그려졌다.

"피가 파랗네."

"오거의 푸른 피는 마나 포션의 재료가 되는 마법재료예요."

"마나 포션? 마나를 채워준다는 말인가?"

"그래요. 포션에는 힐링 포션과 마나 포션이 있는데 트롤의 피는 힐링 포션의 원료가 되고 오거의 피는 마나 포션의 원료가 돼요."

"호오~! 마치 리져럭션같군."

"리져럭션을 제조할 때 사용하는 오크의 피에도 트롤의 경우처럼 재생의 힘이 있어요. 하지만 지극히 미약하죠. 생텀 코퍼레이션에서 다량의 오크를 포획하고 있는 이유가 거기에 있어요."

그렇다면 세바스찬처럼 난도질해서 잡으면 안 된다.

'돈이 흘러내리고 있어.'

무혁은 반지를 문질러 세바스찬을 호출했다.

[세바스찬!]

[왜 불러, 바쁜데…….]

[돈 벌어야지.]

[무슨 소리야! 아~~!! 그거?]

키메라 사건이 있은 후 무혁의 사주를 받은 로미와 세바스찬은 생텀 코퍼레이션과 대한민국 정부를 상대로 한 가지 협상을 벌였다.

과정은 길었지만 요약하면 협상의 내용은 한 가지였다.

─고생해서 잡은 몬스터나 마법생물에 대한 대가를 지불해 달라.

협상은 진지했던 각오가 무색하리만큼 쉽게 끝났다.

어쩌면 당연한 결과였다.

협상의 칼자루를 잡은 사람은 한국 정부와 생텀 코퍼레이션이 아니라 로미와 세바스찬이었기 때문이다.

오거의 머리를 공격하고 있던 세바스찬의 몸이 오른쪽으로 비켜났다.

무혁은 AWSM을 오거의 머리에 겨냥한 후 방아쇠를 당겼다.

탕!

총구를 튀어나온 탄환이 백광을 꼬리에 물고 레이저처럼 오거의 머리에 명중했다.

'나이스!'

오거의 거대한 몸통이 갸우뚱하더니 무너져 내렸다.

쿵!

등장할 때 오거가 보여준 위압감을 생각하면 싱거울 정도로 쉬운 결말이다.

세바스찬이 뛰어오며 소리쳤다.

"얼마나 받을 수 있을까?"

"생텀에서 오거 한 마리는 얼마 정도 하지."

"보통 2,000골드 정도지."

지루한 생텀과 지구 간의 물가 비교와 복잡한 환율 계산을 거쳐 도출된 오거의 가격은 2억 원이었다.

"두 배, 아니, 세 배는 받아야지."

"정말 좋은 생각이야."

"형 말을 들으면 자다가도 떡을 먹는다구."

"인정, 인정."

무혁과 로미와 세바스찬은 로또 1등 당첨의 기분을 마음껏 즐겼다.

니콜은 그런 세 사람의 행동이 기가 막힌 모양이었다.

"미국과 한국을 상대로 장사를 하다니……. 대단하다고 해야 할지 무모하다고 해야 할지 모르겠어요."

"아~ 니콜에게 아직 말을 안 했었군. 수익금에 대한 배당은 일인당 25퍼센트야."

"나도 들어 있다는 말인가요?"

"당연하지. 니콜도 우리 팀이니까."

"……."

사실은 그렇지 않다.

당초 무혁과 세바스찬의 머릿속에는 니콜이 존재하지 않았다.

그러나 로미는 다르게 생각했다.

로미는 팀을 강조하며 니콜을 포함하자는 자신의 주장을 관철시켰다.

'굳이 합의 과정까지 말해줄 필요는 없잖아.'

무혁은 니콜에게 물었다.

"싫으면 관두고."

"누가 싫다고 했어요?"

공돈을 싫어하는 사람은 없다.

카페 유리아의 경우에서도 드러났듯이 니콜 역시 돈에 관심이 많다.

무혁은 덧붙였다.

"대신 니콜이 팀으로서 침묵해 줘야 할 있어."

"뭔데요."

"저거."

무혁은 보안부대원을 가리켰다.

"설마……."

"그 설마가 사실이야. 난 아티팩트를 빼돌릴 거야."

니콜이 인상을 찌푸리며 물었다.

"수익 배분은요?"

"당연히 인당 25퍼센트!"

"뭐해요. 얼른 벗기지 않고."

네 사람은 빠른 손길로 아티팩트를 주워 모았다.

일부러 상공에 정찰 위성이 없는 시간을 택해 진입한 터라 무혁의 손길에는 거침이 없었다.

　　　　　*　　　　*　　　　*

　아티팩트들을 숨기려 계곡으로 이동한 무혁에게 세바스찬
이 다가왔다.

　세바스찬은 단도직입적으로 물었다.

　"니콜을 믿어도 되는 거야?"

　"나처럼 니콜도 자신의 조국에 충성을 하고 있을 뿐이야."

　무혁의 대답을 들은 세바스찬은 고개를 저었다.

　"난 니콜이 이미 마나를 사용할 수 있다고 믿고 있어."

　"……."

　세바스찬은 자신이 오러를 느끼고 치한으로 몰린 경험을
이야기해주었다.

　"착각이라고 생각하지 않아?"

　"절대 그럴 리 없어. 지금의 형이라면 이해할 거야."

　그 말에 반박할 수 없었다.

　무혁의 감각은 반경 30m 근방의 오러를 느낄 수 있었고 그
능력은 각인과 같아서 착각할 수 없는 성질의 것이었다.

　그렇다면 대답은 한 가지다.

　"미국이 마나를 익히는 방법을 알고 있다?"

　세바스찬은 이번에도 부정했다.

"절대 아니야. 형이 나의 마나를 느낄 수 있듯이 나도 형의 마나를 느낄 수 있어. 니콜에게서는 마나의 향기가 나지 않아."

"······."

당혹스러웠다.

"오러를 사용할 수 있지만 오러가 느껴지지 않는다. 그런 일이 있을 수 있나?"

"가능한 경우는 한 가지야. 마법스크롤 식으로 마나를 사용하는 방법."

마법 스크롤은 자체로 마나를 가지고 있다.

그리고 찢으면 인챈드 된 마법을 발현하고 사라진다.

세바스찬의 말대로라면 미국은 마나를 사용하는 방법은 알지만 익히는 방법은 모르는 셈이다.

하지만 이번에도 무혁의 생각은 틀렸다.

"마법 스크롤은 마나는 가둘 수 있지만 그 마나로 오러를 발현할 수는 없어. 이는 그 방법을 찾으려다가 실패한 수많은 마법사의 기록이 증명해."

"그럼 뭐야?"

처음부터 무혁이 가장 먼저 떠올린 집단은 네크로맨서였다.

미국이 네크로맨서와 손을 잡고 마법스크롤을 만들었다는 가정이 가장 합리적이라 생각했기 때문이다.

하지만 그런 일이 불가능하다면 결론은 한 가지다.

"니콜은 제3의 세력 소속이란 말이군."

그렇다면 심각한 문제다.

그 세력은 마나를 익히지 않는 사람이 오러를 사용할 수 있는 기술을 가지고 있다.

또한 니콜을 미국 정부를 통해 생텀 코퍼레이션에 위장 취업시키고 로미의 경호원으로 선정되게 만들 능력이 있다.

'미국 정부를 조종할 수 있는 능력이 있는 집단. 과연 그런 집단이 존재할 수 있을까?'

아무리 생각해도 불가능해 보였다.

무혁은 스스로에게 한 가지 질문을 던졌다.

'그런 집단이 있다고 가정하면? 대체 그들의 진정한 목적은 무엇일까?'

현재 가진 정보로는 절대 풀 수 없는 의문이었다.

＊　　　＊　　　＊

아티팩트 은닉을 마치고 이동을 시작한 무혁과 일행은 해가 서산에 질 무렵 오크마을이 내려다보이는 산등성이에 도착했다.

오크마을은 중앙 공터를 중심으로 20여 채의 움막과 움막을 둘러싸고 있는 나무 방책으로 이뤄져 있었다.

"대한민국에 오크마을이라……. 보고 있으면서도 납득이 안 돼. 도대체 네크로맨서 놈은 무슨 속셈인 거야?"

무혁의 넋두리에 로미가 대답했다.

"나도 그 점에 대해 오랫동안 생각해 봤는데요. 혹시 복수 아닐까요?"

"복수?"

"네크로맨서는 복수의 화신이라고 불려요. 그들은 아무리 사소한 원한이라도 복수를 하죠. 만일 복수를 완수하지 못하면 치욕으로 여겨요."

"그래서 네크로맨서들과 지구, 아니, 생텀 코퍼레이션 간에 원한 관계가 있을 것이다?"

"정확해요."

"……."

무혁은 생각을 가다듬었다.

아무리 좋게 표현해도 지구인들의 생텀 진출은 침략이다.

반대로 말하면 생텀은 서양의 대포에 억지로 문을 연 동양과 같은 신세다.

기본적으로 생텀 코퍼레이션은 생텀인들의 적의를 받을 수밖에 없는 존재다.

이런 상황을 해결하기 위해 생텀 코퍼레이션이 선택할 수 있는 방법은 두 가지다.

우선 현재 생팀 코퍼레이션이 도멜 백작령에서 진행하고 있는 무작정 퍼주고 신임 얻기가 있다.

이 방법이 성공하고 있다는 증거가 로미와 세바스찬이다.

성녀로부터 이방인을 멸하라는 명령을 받은 로미는 그 이방인에게 흥미를 느끼고 지구에 와 있다.

세바스찬 역시 자신의 영지를 발전시키고자 하는 욕구를 충족시키려 지구에 왔다.

두 번째 방법은 무력이다.

생팀 코퍼레이션은 미국이라는 지구 역사상 가장 강대한 국가의 지원을 받고 있다.

그러나 무력을 사용하는 일에는 제약이 존재한다.

바로 마나가 그것이다.

마나는 지구인이 극복할 수 없는 미지의 세계를 상징한다.

전면적인 전투가 벌어지면 세바스찬 같은 인간을 초월한 능력을 가진 기사 수백 명이 전장을 휩쓸고 다닐 것이다.

눈으로 쫓기도 힘들다.

탱크도 베어 넘긴다.

단숨에 백 미터를 도약한다.

그런 괴물들이 군인들의 목으로 공기놀이를 한다.

지휘관으로서는 악몽과 같은 상황이다.

그렇다고 대량 살상무기를 사용하는 일은 사태를 더 어렵게 만들 뿐이다.

무혁이 얻은 정보에 의하면 대량 살상 무기인 핵이나 화학 무기를 사용하면 대륙마탑이 나설 것이 분명했다.

대륙마탑은 마법사의 본부다.

마법사는 신권과 왕권과 완벽하게 분리된 권력을 가진 현자들이자 초인들이다.

이들은 평소에는 세상의 일에 간섭하지 않는다.

그러나 스스로 지정한 금지마법이 사용되면 무거운 엉덩이를 들고 일어나 가혹한 응징에 나선다.

그 응징에 소멸 직전까지 몰린 집단이 네크로맨서다.

네크로맨서는 그 악랄함의 대가로 대륙마법에 의해 공적으로 선포되었고 수백 년에 걸쳐 소탕되었다.

혹여 마법사의 벽을 넘어서도 문제는 남아 있다.

어쩌면 이 문제는 지구인이 어떻게 할 수 없는 철벽과 같다.

'신.'

생텀의 신은 모두 13좌.

이 13좌의 신은 현존한다.

그리고 자신들의 속성을 인간에게 발현한다.

'신과 인간의 전쟁.'

일개 신관에 불과한 로미는 죽은 사람을 살린다.

평범한 인간을 초인으로 만든다.

물을 감로수로 바꾼다.

'이런 신들을 이긴다?'

깊이 생각할 필요도 없이 불가능이다.

'그래도 이기려면 한 가지 방법이 있지.'

그 방법은 신과 동맹을 맺는 길이다.

'그것도 신 중에서 궁지에 몰린 신과⋯⋯.'

무혁은 지금 투르칸 신을 대변하는 네크로맨서와 생팀 코퍼레이션의 동맹 가능성을 생각하고 있었다.

'그렇게 생각하면 많은 의문이 풀려.'

네크로맨서들은 지구에 와 생팀 코퍼레이션이 개발했다고 알려져 있는 수많은 발명품의 개발에 직간접적으로 기여했을 것이다.

'그리고 어느 순간 양자 간에는 해결할 수 없는 어떤 문제가 발생했겠지. 아마도 네크로맨서가 가진 고유의 특성, 살육에 대한 욕망이 원인이었을 가능성이 높아. 아니면 처음부터 네크로맨서들은 생팀 대신 지구를 자신들의 낙원으로 만들려고 생팀 코퍼레이션의 제안을 받아들였을 수도 있고⋯⋯.'

네크로맨서를 언급할 때마다 보였던 올리비아의 눈빛이 기억났다.

당시에는 이해할 수 없었던 그 눈빛의 의미가 죄책감일 수도 있겠다 싶었다.

그렇다면?

무혁은 로미와 세바스찬을 바라보았다.

로미와 세바스찬이 무혁을 마주 보았다.

"왜요? 내 얼굴에 뭐라도 묻었어요?"

"난 남자는 관심 없어."

무혁은 확신했다.

이 두 사람은 유리아 신이 지구인들에게 보낸 선물이었다.

*　　　*　　　*

오크마을의 밤은 무혁에게 익숙한 모습이었다.

"옛날 우리네 시골마을의 저녁 풍경 같아."

움막에서는 연기가 피어오르고 오크 새끼들이 무리 지어 뛰어놀았다.

성인 오크들은 젖소를 잡아 해체했고 암컷으로 보이는 오크들은 그 젖소의 가죽을 돌맹이로 무두질하고 불을 피워 요리를 했다.

요리라고 해봤자 그저 나무에 고기를 끼워 불에 굽는 게 전부였지만 무혁은 솔직히 깊은 감명을 받았다.

"내가 알고 있던 오크에 대한 선입관이 무너지는 느낌이야."

"나도 오크들의 일상을 본 적이 없어 놀랍긴 해. 지금까지 오크는 생식을 한다고 생각했거든. 하지만 절대 잊지 마. 오크는 오크일 뿐이야."

세바스찬의 말이 옳을 것이다.

그러나 무혁은 지식과 현실의 괴리에서 쉽게 벗어나지 못했다.

무혁의 감성 어린 느낌은 오래가지 못했다.

"뭐하는 거지?"

오크들이 함성을 지르며 모닥불이 피워진 마을 중앙 공터로 모여들었다.

꾸엑!

꾸에에엑!

꾸에엑!

꿱!

수컷 오크들의 손에는 칼이나 몽둥이가, 암컷 오크들의 손에는 요리한 고기가 들려 있었다.

부모들을 흉내라도 내는 듯 새끼 오크들도 나뭇가지며 돌멩이를 들고 그 뒤를 따랐다.

잠시 후 150여 마리의 오크가 공터에 모였다.

오크들은 공터 한쪽 편에 설치된 나무로 된 볼품없는 제단을 바라보았다.

제단의 중앙에는 가로로 몇 개의 통나무가 얼기설기 엮어진 기둥이 보였다.

그 기둥과 통나무에는 아마도 소의 내장으로 보이는 붉은 고깃덩어리들이 크리스마스트리의 장식품처럼 매달려 있었다.

제단의 모습이 낯익었다.

'울도 등대에서 봤던 피의 제단과 흡사해. 아니, 똑같아.'

오크들은 어떤 초월자나 신에게 제례를 드리려고 하는 듯했다.

무혁은 세바스찬에게 물었다.

"오크도 신이 있나?"

"내가 알기로는 없어."

"투르칸 신이 몬스터를 만들었다며?"

"그리고 버렸지. 달리 몬스터가 저주받은 마물이라 불리는 게 아니야."

"……."

그렇다면 저 오크들이 숭배하는 대상은 누구란 말인가.

무혁은 제단을 주시했다.

모든 오크가 모이자 제단 옆의 움막에서 한 오크가 모습을 나타냈다.

나무나 흙을 빚어 만든 걸로 보이는 가면을 뒤집어쓴 그 오크는 한눈에 보아도 다른 오크들과 구별이 될 만큼 화려한 치장을 하고 있었다.

화려한 치장의 정체는 여러 가지 유리병을 깬 사금파리와 양철 깡통, 플라스틱 쪼가리들, 라면 봉지 등이었다.

"반짝이는 건 죄다 둘렀네."

"중요건 그게 아니야. 저 오크는 샤먼이야."

세바스찬의 표정은 심각했다.

"샤먼 오크는 오크 사이에서는 우리의 로미와 같은 존재야. 오크들의 능력이 최소 서너 배는 강해진다고."

샤먼 오크가 이끄는 오크 부족은 강력한 힘을 가지고 주변 오크 부족들을 규합한다.

그렇게 수십, 수백 개의 부족을 통합해 폭발적으로 늘어난 오크들은 먹이를 찾아 인간들의 영역으로 침범하곤 한다.

이런 현상을 생텀인들은 두려움을 담아 '오크웨이브'라고 부른다.

"보통 10년 주기로 일어나는 오크웨이브는 대륙에 피바람이 불게 했지."

인간에 비해 신체적인 능력과 번식능력은 월등하지만 두뇌도, 마나도, 오러도 없는 오크가 생텀에서 인간을 위협하며 존속할 수 있는 이유가 바로 샤먼 오크인 것이다.

"사실 나도 말은 들었지만 샤먼 오크를 직접 보는 건 처음이야."

세바스찬의 말이 끝나기가 무섭게 제단에 오른 샤먼 오크가 존재감을 나타내려는 듯 입을 열었다.

"쿠에엑, 꾸에엑, 쿠쿠, 꾸에에에엑!"

이해하지 못할 말을 한참 늘어놓던 샤먼 오크가 하늘을 가리켰다.

밤하늘을 채우고 있던 구름이 한편으로 밀려나고 보름달이 모습을 드러냈다.

그것은 방아쇠였다.

오크들이 달빛을 배경으로 환각에 빠진 부두교인처럼 미쳐 날뛰기 시작했다.

꾸어에엑!

꾸엑!

꾸에에에엑!

꾸에에엑!

오크들의 손에 들린 칼과 몽둥이와 구운 고기와 나뭇가지가 파도처럼 흔들렸다.

광기와 혼돈과⋯⋯.

이상하지만 공기가 끈적끈적해질 정도로 짙은 농도의 슬픔이 느껴졌다.

하지만 무혁이 오크들의 춤에서 가장 강하게 느낀 감정은 공포였다.

                    *   *   *

한 시간 이상 이어지던 광란의 몸부림이 끝나자 샤먼 오크
는 가장 큰 움막 안으로 사라졌다.

그리고 파티가 벌어졌다.

꾸에에엑!

꾸엑!

오크들은 모아둔 고기들을 먹고 어디선가 길어 온 물을 마
셨다.

'저런 장면이 가능한가?'

무혁은 본질적인 의문으로 돌아갔다.

오크들은 완벽한 부족을 이룬 상태였다.

한 쌍의 오크가 저런 규모의 부족을 만들려면 인간보다 빠
른 오크의 번식 주기를 감안하더라도 최소 5~6년이 걸린다.

5~6년 동안 오크가 강원도에 숨어 살았을 리는 없다.

'어디선가 데려온 것이 분명해.'

왜냐는 의문이 자연스럽게 생겼다.

의문을 풀 수 있는 방법은 단 한 가지다.

무혁은 물었다.

"오크는 밤눈이 밝은가?"

"아냐, 인간하고 비슷해."

"그럼 지금 공격하자."

"저 오크들이 샤먼 오크의 영향을 받고 있다는 사실을 명심해야 해."

"무서워?"

"농담이지? 난 도멜 남작가의 장남이야. 걸음마를 뗀 그 순간부터 오크 오줌보를 차고 놀았다고."

"오크가 돼지냐?"

"무슨 소리야?"

"아냐. 니콜, 이거 사용할 줄 알지?"

무혁은 니콜에게 AWSM을 넘겨주며 물었다.

"오빠만큼은 아니지만 나름 명사수였죠."

"야간이니 2클릭 정도 아래를 겨냥하면 될 거야."

니콜은 AWSM의 조준경에 눈을 가져다 대보더니 말했다.

"축복 때문에 시야가 너무 환해서 2클릭은 많을 것 같은데요?"

엄연히 전문가인 니콜에게 쓸데없는 오지랖을 보였다.

무혁은 말끔하게 사과했다.

"아~ 미안. 내가 괜한 참견을 했군. 니콜, 네 판단대로 해."

"알았어요."

계획은 이랬다.

니콜은 원거리 저격으로 오크들을 혼란스럽게 만든다.

그 혼란을 틈타 세바스찬은 마을로 잠입해 가장 문제가 되는 샤먼 오크를 잡는다.

무혁은 만일의 사태에 대비해 오크마을에서 일행이 몸을 숨기고 있는 능선까지 이어지는 산길에서 대기한다.

로미는 당연히 후방 버프 담당이다.

세바스찬이 마을 바위 뒤에 몸을 숨기자 무혁은 반지를 사용해 니콜을 불렀다.

'시작해 보자고.'

'오케이!'

니콜의 대답이 끝나기가 무섭게 마을 중앙에서 잔치를 벌이고 있던 오크들이 픽픽 쓰러지기 시작했다.

소음기 덕분에 소리도 없이 날아온 총알의 위력이다.

오크들은 옆에서 고기를 뜯던 동료가 맥없이 쓰러지는 모습이 이해되지 않는 모양이었다.

쓰러진 오크의 몸을 흔들던 오크들이 비명을 지르기 시작했다.

"꾸에엑!"

"꾸에에엑!"

"꾸엑!"

그러는 와중에도 오크들은 계속 쓰러지고 있었다.

가장 덩치가 큰 오크가 검을 들고 무어라 고함쳤다.

"꾸에에엑! 꾸엑! 꾸에에엑!"

암컷 오크와 새끼오크들이 흩어져 집 안에 숨는 것으로 보아 피하라는 소리 같았다.

"꾸엑!"

"꾸우욱!"

오크마을의 혼란이 극에 달하자 세바스찬이 움직였다.

[간다.]

[조심해.]

세바스찬의 몸이 울타리를 뛰어넘어 샤먼 오크가 있는 가장 큰 움막으로 움직였다.

'4마리.'

움막 안의 오크 4마리쯤은 세바스찬에게 아무런 문제가 되지 않는다.

"흡!"

심호흡을 깊게 한 세바스찬은 바스타드 소드를 휘둘러 움막의 뒤편 벽을 통째로 오려냈다.

퉁!

나무를 엮어 만든 어설픈 벽이 사라지자 오크들의 모습이 보였다.

유난히 덩치가 큰 오크 한 마리가 샤먼 오크의 몸 위에 올라타 있었다.

그리고 두 마리 오크가 샤먼 오크의 손을 잡고 있었다.

아무리 봐도 그 모습은 영락없는 겁탈의 모습이었다.

'샤먼 오크를 겁탈해?

오크에게 샤먼 오크는 고귀한 존재다. 왕과 같은 존재다.
부하가 왕을 겁탈하는 경우가 있는가?

세바스찬은 순간 가치관의 혼란을 느꼈다.

그러나 그 순간은 잠시였다.

"꾸에에엑!"

"꾸에엑!"

두 마리 오크가 세바스찬에게 달려들었다.

노란 눈과 누런 송곳니가 시야를 채우고 커졌다.

"웃차!"

세바스찬의 바스타드 소드가 선을 그렸다.

서걱!

서걱!

단 한 칼에 오크 두 마리의 머리가 허공에 떠올랐다.

샤먼 오크의 몸에 올라타고 있던 오크의 눈빛에 놀라움과
두려움이 교차했다.

세바스찬은 그러든 말든 바스타드 소드를 쑥 내밀었다.

스으윽!

바스타드 소드가 아무런 저항감 없이 오크의 가슴을 파고
들었다.

"꿱!"

오크가 단말마의 비명을 남기고 쓰러졌다.

남은 건 샤먼 오크뿐이다.

세바스찬은 바스타드 소드를 고쳐 잡았다.

샤먼 오크가 흐트러진 옷을 다시 걸치며 몸을 일으켰다.

그리고 바스타드 소드를 손을 내밀어 막으며 다른 손으로
가면을 벗어 던졌다.

'뭐야!'

샤먼 오크는 오크가 아니라 인간이었다.

그것도 겨우 10대쯤으로 보이는 흑인 소녀였다.

"Aidez—moi!"

"……?!"

샤먼 오크, 아니, 소녀의 입에서 흘러나온 소리는 오크 특
유의 돼지 소리가 아니라 가냘픈 인간의 음성이었다. 그것도
불어였다.

통역마법 아티팩트를 지니고 있는 세바스찬은 그녀의 말
을 알아들었다.

'살려주세요?'

소녀가 다시 말했다.

"살려주세요. 제발……."

세바스찬은 이를 악물었다.

이해할 수 없었다. 분명 감각은 소녀가 오크라고 말하고 있었다.

그러나 눈앞의 소녀는 아무리 봐도 인간이었다.

스스로 결정을 내릴 수 없었다.

세바스찬은 무혁을 불렀다.

[형! 어떻게 할까?]

사정을 들은 무혁도 당황하긴 마찬가지다.

그러나 샤먼 오크가 인간인 이상 다른 방법은 없다.

[데려와.]

[데려오라고?]

[죽일 수는 없잖아.]

[알았어.]

세바스찬은 바스타드 소드의 옆면으로 소녀의 뒤통수를 때렸다.

폭력적인 방법이지만 빠져나가는 과정에서 몸부림이라도 치면 상황이 복잡해진다.

기절한 소녀를 한 손으로 안은 세바스찬은 뚫어놓은 벽을 통해 밖으로 나왔다.

"젠장!"

수십 마리의 오크가 앞을 가로막고 있었다.

"꾸에에엑!"

"꾸에엑!"

"꾸에에에엑!"

오크들이 맹렬한 적의를 드러내며 칼과 몽둥이를 흔들었다.

"응?"

다만 오크들은 세바스찬을 경계만 할 뿐 접근하지는 않았다.

아마도 샤먼 오크의 안위를 걱정하는 것 같았다.

세바스찬은 바스타드 소드를 휘저어 오크들을 물러나게 위협한 후 몸을 날렸다.

무혁은 축 늘어진 무언가를 짊어지고 달려오는 세바스찬의 모습을 확인했다.

그 뒤로 분노한 오크들이 쫓아오고 있었다.

무혁은 바스타드 소드를 집어 들었다.

검의 느낌이 생소했다.

살면서 검으로 생명체를 벨 일이 있을 것이라고는 상상도 못했다.

그래도 무혁은 길을 막고 섰다.

바스타드 소드에 희미한 오러가 아지랑이처럼 피어났다.

세바스찬이 무혁을 스쳐 지나가며 소리쳤다.

"폭발시키지 말고! 가늘고 길게… 잊지 마!"

"알았어."

잠시 후 오크들이 몰려왔다.

무혁은 바스타드 소드를 휘두르기 시작했다.

서걱!

"꾸엑!"

서걱!

"꿰"

바스타드 소드가 방망이와 오크의 살과 뼈를 동시에 가르고 지나갔다.

'생소해. 조덕구의 경우와는 또 달라.'

손에 느껴지는 바스타드 소드의 압력을 설명할 마땅한 단어가 생각나지 않았다.

묵직한 저항감과 베고 난 후의 허전함은 생명체의 목숨을 빼앗고 있는 현실의 또 다른 표현이었다.

"꾸엑!"

"꾸에에엑!"

오크들은 정돈되지 않는 몸부림으로 검과 몽둥이를 휘둘렀다.

그러나 오크 한두 마리가 겨우 지나갈 만큼 좁은 길을 막고 선 무혁은 그 자체로 철벽이었다.

안 그래도 일방적으로 흘러가던 전투는 소녀를 니콜에게 맡기고 돌아온 세바스찬이 합류함으로서 더욱 기울었다.

세바스찬은 한 번의 도약으로 무혁을 타고 넘어 오크 무리 중앙에 뛰어들었다.

선한 양 떼 안으로 뛰어든 호랑이.

군중 가운데서 터진 폭탄.

세바스찬의 모습이 그랬다.

바스타드 소드가 휘둘러질 때마다 오크의 팔과 다리와 목과 몸통이 분리되어 춤을 췄다.

그 모습은 흡사 신에 취한 무당의 잘 차려진 굿판처럼 보였다.

무혁은 비로소 세바스찬의 진면목을 보았다.

한없이 철없고 어려 보이기만 했던 세바스찬의 가슴 한편에는 힘이 곧 권력인 세상에서 수년간 검 한 자루로 살아남은 인간의 흉포성이 잠들어 있었다.

"지구의 남자들에게는 사라지고 없는 수컷의 자부심인가?"

가슴이 뜨거워졌다.

손에 느껴지던 살을 가르고 뼈를 자르는 불쾌한 느낌마저 좋아졌다.

무혁도 과거의 수컷으로 돌아가 굿판에 뛰어들었다.

제20장

사먼 오크

수컷 오크를 모두 해치운 무혁과 세바스찬은 일단 니콜과
로미에게 돌아왔다.

소녀는 눈을 감은 채 벌벌 떨고 있었다.

"괜찮아요. 괜찮아요."

로미가 소녀를 달래고 있었지만 별 효과는 없어 보였다.

무혁은 먼저 로미에게 물었다.

"상태가 어때?"

"제대로 말을 하지 않아요. 다만 죽이지 말라는 말만 반복
하네요."

"안 죽인다고 말해줘."

"그게… 자기를 죽이지 말란 말이 아니에요."

"그럼?"

"오크를 죽이지 말래요."

"……."

"오크가 자기 부족원이래요."

"그럼… 자신이 오크라고 생각한단 말인가?"

"거기까진 물어보지 못했어요."

무혁은 로미에게 통역을 부탁한 다음 소녀에게 물었다.

"난 문무혁이야. 이쪽은 로미, 세바스찬, 니콜이야. 네 이름은 뭐지?"

"……."

소녀는 눈을 뜨고 무혁을 바라보았다.

땀과 눈물과 먼지로 뒤범벅인 그녀의 얼굴에는 두려움과 공포의 감정이 혼돈처럼 뒤섞여 있었다.

"괜찮아. 말해봐. 사정을 알아야 너의 말을 들어주든지 안 들어주든지 결정을 할 것 아냐."

"제 이름은 아니타예요. 아니타 무가비, DR콩고의 바레가족(Barega族)이에요."

"바레가족……. 그런데 왜 저 오크… 우리는 저 괴물을 오크라고 부른단다. 왜 오크들을 죽이지 말라는 말이지?"

"오크라고 부르는지는 모르겠지만 저들은 괴물이 아니에요. 저들은 모두 우리 부족이에요."

"오크가 너와 같은 바레가족이라고?"

"그래요. 믿어주세요. 우리 부족은 모두 검은 주술사의 마법에 걸렸을 뿐이에요."

"검은 주술사?"

"그는 평화롭게 살던 우리 마을에 나타나 죽음의 안개로 부족민들을 저렇게 만들었어요."

"······?!"

검은 주술사라는 단어가 송곳처럼 날카롭게 머리에 꽂혔다.

정보가 더 필요했다.

무혁은 다시 아니타에게 물었다.

"자세히 말해주겠어?"

"제 부족은 카후지─비에가 국립공원(Kahuzi─Biega National Park) 안에 살고 있는 작고 가난한 부족이에요. 저는 여자도 배워야 한다는 추장인 아버지의 강력한 주장으로 고향을 떠나 킨샤샤(Kinshasa)에서 가톨릭계 여자 학교를 다녔어요. 여름방학이 되자 전 3일 동안의 여행 끝에 마을로 돌아왔죠."

아니타는 돌아온 마을에서 끔찍한 광경을 목격했다.

"부족민들이 어떤 질병에 걸려 흉측하게 변하고 있었어요. 송곳니는 사자처럼 튀어나오고 눈은 폭풍 전야의 석양보다 더 빨개졌고, 얼굴은 털 빠진 고릴라처럼 보였죠."

아니타는 그나마 변화가 적은 부족민에게 참극의 원인을 들을 수 있었다.

"원인은 어느 날 마을에 찾아온 검은 옷을 입은 남자였어요. 남자는 주술을 사용해 마을에 검은 안개를 만들었고 그 안개 속에 들어온 사람들은 이성을 잃고 짐승처럼 변했어요."

"검은 남자에 대해 더 설명해 볼래?"

"앙상하게 말랐고 검은색 곱슬머리에 코가 크고 굽었어요. 키는 상당히 컸구요."

아니타가 설명하고 있는 검은 남자는 네크로맨서 카이탁의 외모와 완벽히 일치했다.

'그러고 보니……'

한 가지 집히는 구석이 있었다.

아니타가 살고 있다는 DR콩고는 아프리카의 콩고민주공화국을 말한다.

콩고 민주공화국은 키부 호(Lake Kivu)를 사이에 두고 르완다와 국경을 마주하고 있다.

르완다는 카를 데이버가 소속했던 용병단이 투치족 특수

부대를 훈련시키다가 카이탁을 만난 나라다.

'카를 데이버는 카이탁이 정글 깊숙한 곳에 사는 부족들에게 온갖 더러운 시험을 하는 장면을 목격했다고 했어.'

그 부족 중 하나가 바레가족일 수 있다.

한 방울의 땀이 등줄기를 타고 흘러내렸다.

동시에 등골이 오싹해졌다.

인간을 오크로 만드는 능력을 가진 네크로맨서 카이탁.

카이탁과 벌써 3번의 악연을 맺었다.

그리고 그 악연 중 한 번은 직접적으로 무혁 일행을 겨냥한 것이었다.

"너는 오크… 아니, 변한 너의 부족들에게 말을 할 수 있었어. 내가 알기로는 그들에게 특별한 능력을 줄 수도 있다고 들었어. 우린 그런 너의 능력을 샤먼 오크라고 불러. 어떻게 그렇게 할 수 있지?"

"그전에 뭔가 먹을 것이 없을까요? 배가 고파서 그래요. 부족원들이 가져다주는 음식은 도무지 먹을 수가 없었어요."

무혁은 전투식량 중 맵지 않은 놈으로 골라 가열한 다음 아니타에게 주었다.

아니타는 코를 박고 전투식량을 탐식했다.

무혁은 마을을 경계하고 있던 니콜에게 물었다.

"움직임은 어때?"

"쥐 죽은 듯 조용해요."

무혁은 이번에는 세바스찬에게 물었다.

"오크들은 수컷 전사들이 죽으면 저런 식으로 반응하나?"

"아니, 사실 나도 놀라고 있어. 오크들은 용기를 숭상하고 두려움을 삶의 치욕으로 느껴. 저렇게 겁에 질려 숨는 행동은 오크의 것이 아니야."

대답을 들은 무혁은 이번에는 로미에게 질문을 던졌다.

"네가 보기에 아니타는 어떤 상태야?"

"외모는 인간이지만 내면은 오크가 맞아요."

"내면이 오크인데 인간의 언어를 잊지 않았다?"

"제가 말한 내면은 의식의 수준이 아니라 무의식의 수준을 말해요. 제가 태어난 순간부터 신에게 바쳐진 것처럼, 세바스찬이 기사의 혈통으로 태어난 것처럼요."

"······."

자신의 이름이 거론되자 아니타가 찬물 맞은 고양이처럼 반응했다.

무혁은 아니타를 달랬다.

"천천히 먹어. 물도 마시고······."

"네······."

두 개의 전투식량을 먹어치우고서야 아니타의 이야기는 이어졌다.

"전 곧장 우리 마을과 가장 가까이 있는 부카부(Bukavu) 읍으로 향했어요. 경찰이나 의사를 부를 생각이었죠. 그런데 검은 남자가 나타났어요. 검은 남자는 저에게 미약하지만 신성력이 있다고 말했어요."

"신성력이라……. 혹시 믿는 신이 있어?"

"전 세례받은 천주교인이에요."

카이탁은 투르칸 신의 사제다.

아니타는 신실한 천주교인이다.

절대로 어울리지 않는 조합이다.

'진심으로 믿으면 신성력이 생기는 건가?'

무혁은 계속 물었다.

"그래서 검은 남자가 어떻게 했는데?"

"저를 피와 이상한 약재를 섞은 통에 담그고 주변에 그림을 그린 다음 주문을 외웠어요. 주문이 끝나자 몸이 차가워졌다 뜨거워졌다 했어요. 견딜 수 없어 기절했을 만큼요. 얼마나 시간이 지났는지 모르지만 깨어난 후 저는 제가 오크들의 말을 이해하고 그들에게 어떤 힘을 줄 수 있다는 사실을 알게 되었죠."

검은 남자는 외부와 접촉하면 영원히 원래의 모습으로 돌아갈 수 없다고 경고하고는 사라졌다.

"신의 저주였어요. 저는 부족을 이끌고 더 깊은 정글로 들어갔어요. 그리고 숨어 살았죠."

"그럼 어떻게 이곳에 오게 된 건가?"

"먼저 여기가 어디죠?"

"대한민국의 강원도란 지방이야."

"대한민국이면……. 아~ 월드컵이 열렸던 나라군요."

"맞아."

"일주일 전이었어요. 검은 남자가 나타났죠. 그리고 정신을 잃었고 깨어났더니 이곳이었어요."

"……."

기구한 운명이다.

슬픈 사연이다.

무혁은 자신이 죽인 오크들이 인간이었다는 사실에 엄청난 충격을 받았다.

그 점은 세바스찬도 마찬가지였던 모양이다.

참혹한 감정을 감추지 못하고 있던 세바스찬이 입을 열었다.

"아니타, 정말 미안해요. 나와 형은 저 오크들이 인간인 줄 몰랐습니다."

"괜찮아요. 어쩌면 다행일 수도 있어요. 이제 우리 부족민들은 천주님의 품에서 평온할 테니까요."

"그런데……."

잠시 망설이던 세바스찬이 물었다.

"제가 움막에 들어갔을 때 다른 오크들이 당신을 겁탈하려는 모습을 봤습니다. 어떻게 된 일인지……."

아니타의 흑인 특유의 동그란 눈망울에 눈물이 가득 맺혔다.

당황한 세바스찬은 손을 흔들었다.

"불편하시면 대답하지 않으셔도 됩니다."

"아니에요. 오크로 변하고 얼마 지나지 않아 남자들이 이상하리만큼 저를 탐하기 시작했어요."

"설마……."

"주님의 은총으로 그때까지는 아버지와 오빠의 의식이 남아 있었어요. 두 분은 필사적으로 저를 보호하려 하셨죠. 하지만 중과부족이었어요. 남자들은 아버지와 오빠를 죽이고 저를……."

세바스찬은 알겠다는 듯 고개를 끄덕였다.

"그랬군요. 미안합니다."

"당신이 미안할 이유가 없죠. 모두 다 주님의 뜻인걸요."

"……."

세바스찬은 무혁에게 이야기의 내막을 설명해 주었다.

"샤먼 오크는 흡수한 오크 부족의 전사들과 교미를 해서 새끼를 낳지. 그 새끼들은 다른 오크들보다 월등히 강한 전사로 성장해. 그리고 그 전사들이 오크웨이브의 선봉장이 되는 거야."

"이야기를 종합해 보면 저들은 인간에서 오크로 변해가는 과정을 겪고 있었다는 이야기네?"

"그런 것 같아."

무혁은 로미에게 물었다.

"그렇다면 혹시 저들을 인간으로 되돌릴 방법은 없을까?"

"여신님께 여쭤봐야 할 것 같아요."

"부탁해."

"네."

로미가 기도에 들어가자 무혁은 세바스찬을 불렀다.

"마을로 가서 남은 오크들을 제압해 줘."

"알았어. 그런데 저들이 인간으로 돌아오지 못하면 어떻게 할 거야?"

"인간이라고 밝혀진 이상 그냥 두고 볼 수는 없어. 어떻게든 방법을 찾아봐야지."

세바스찬이 마을로 떠나자 무혁은 이번에는 최호일을 호출했다.

"최 대장님, 동원할 수 있는 특수임무대원이 몇 명입니까?"

―나를 포함해서 50명일세.

"나를 짐이 있습니다. 대략 90개 정도 됩니다. 헬기 준비가 가능하겠습니까?"

―당연히 극비겠지?

"그렇습니다."

―준비하겠네.

"그리고 시체 운반용 방수포 90개와 강력한 마취제, 포승줄도 필요합니다."

―방수포야 그렇다 치지만, 마취제는 또 뭔가. 혹시 오크라도 사로잡은 건가?

"그렇게 됐습니다. 기다리겠습니다."

―알았네. 준비되는 대로 출발하지.

그사이 기도를 끝낸 로미가 다가왔다.

"완벽하게 고칠 수는 없지만 진행을 멈출 수는 있어요."

"신이 못하는 일도 있네?"

"불경한 말이에요."

"아~ 미안, 미안. 그런 뜻이 아니야. 일전 울도에서는 구울로 변해 썩어가던 주민들도 원래 상태로 되돌렸었잖아. 그래서 혹시나 했지."

"그때는 디바인 마크가 있었잖아요. 마법의 원천인 디바인 마크가 있다면 저들 역시 원래의 인간으로 되돌릴 수 있어요.

하지만 저 마을에서는 디바인 마크의 기운이 조금도 느껴지지 않아요."

아니타는 카이탁이 자신의 마을을 검은 연기로 뒤덮었다고 말했었다.

"디바인 마크라… 결국 저들을 낫게 하려면 콩고민주공화국으로 가야 한다는 말이군."

"그렇죠."

무혁은 스마트폰을 꺼내 검색을 시작했다.

한국과 아프리카라는 물리적인 거리는 차치하고라도 콩고민주 공화국은 현재 내전 상태였다.

콩고민주공화국의 카빌라 정권은 반군인 콩고민주회의(RCD)를 소탕할 힘이 없었다.

때문에 앙골라에게는 연해 유전 채굴권을, 짐바브웨에게는 다이아몬드와 코발트 채굴권을, 나미비아에게는 다이아몬드 광산 지분을 내주고 군사력을 제공받았다.

반군을 소탕하기 위해 외국의 힘을 빌린 것이다.

그러자 콩고민주회의 역시 가만있지 않았다.

콩고민주회의는 우간다, 부룬디, 르완다로부터 무기와 병력을 공급받았다. 그들이 내민 조건은 콜탄(Coltan)이었다.

콜탄은 탄탈룸의 원료로 콩고민주공화국 동부지방의 강바닥에서 채취되는 진흙을 물에 희석해 침전시켜 얻는 광물로 각종 IT제품, 특히 핸드폰의 핵심 원자재로 쓰인다.

문제는 반군의 점령지역이다.

반군의 점령지역은 바레가족의 마을이 있는 카후지—비에가 국립공원을 비롯한 콩고민주공화국 동부지역 전역이다.

검색을 마친 무혁은 탄식을 내뱉었다.

"하~ 진심으로 개판이군."

"네?"

"아냐."

"당연히 갈 거죠?"

"가긴 가야 하는데……. 그쪽 동네의 사정이 복잡해서 말이야."

"생명이 달린 문제예요. 그리고 그곳에 더 많은 피해자가 있을지도 몰라요."

"알아, 안다구."

현지 상황으로 보아 콩고민주공화국에서 활동하려면 생텀 코퍼레이션의 협조가 불가피했다.

그러나 협조를 받으려면 생포한 오크는 물론 아니타에 대한 정보까지 내놓아야 한다.

그 점이 마음에 안 드는 무혁이다.

　　　　*　　　　*　　　　*

　선발대로 도착한 최호일이 피칠갑을 한 현장을 보더니 기겁을 했다. 그리고 기절해 있는 오크들을 보고 또 한 번 놀랐다.

　"상상했던 것 이상이야."

　무혁은 대략의 사정을 설명했다.

　"오크들은 생텀 코퍼레이션과 공동 연구를 해야 할 겁니다. 물론 오거와 그 물건은 예외로 해야 할 테고요."

　죽은 오크와 살아남아 기절한 오크들을 묶고 포장해 운반하는 시간만 꼬박 8시간이 걸렸다.

　그사이 최호일과 무혁은 오거 시체와 슬쩍해 둔 아티팩트를 빼돌렸다.

　최호일은 니콜의 존재가 신경이 쓰이는 모양이었다.

　"정말 괜찮겠어?"

　"상관없어요. 동의한 사항입니다."

　"돈 문제라는 이야기는 들었지만 진심으로 그녀의 말을 믿는 건 아니겠지?"

　"믿으면 바보죠. 당연히 다른 이유가 있다고 생각합니다."

　"아마도?"

"미국 정부 소속이겠죠. 아마도 저 때문에 그런 결정을 내린 것 같습니다."

"하긴……."

최호일은 무혁의 설명에 납득했다.

인류 최초의 마나 사용자 문무혁.

그 가치는 오거 한 마리의 가치보다 높을 것이다.

일견 일리 있는 분석이다.

'하지만…….'

정작 말을 그렇게 한 무혁은 자신의 말을 믿지 않고 있었다.

* * *

두 마리 늑대가 양 한 마리를 사이에 두고 서로 으르렁댔다.

"생텀 연구소라고 했던가요? 이들을 연구할 능력은 있나요?"

늑대 중 암 늑대인 올리비아가 먼저 펀치를 날렸다.

"키메라 관련 특허를 우리가 먼저 출원한 걸 보면 능력은 있어 보입니다만."

늑대 중 늙은 수컷 늑대, 김성한 박사가 지지 않고 카운터

펀치를 날렸다.

벌써 3시간째 이런 상황이다.

두 연구소의 장은 사로잡은 오크의 연구 우선권을 놓고 극렬하게 대립했다.

둘 사이에 낀 불쌍한 양 신세인 아니타는 무혁만 바라보고 있었다.

더 이상 두 사람은 유치한 말싸움을 두고 볼 수 없었던 무혁이 끼어들었다.

"오크, 아니, 바레가족은 콩고민주공화국의 국민입니다. 동의하십니까?"

두 사람이 싸움을 멈추고 대답했다.

"동의해요."

"그야……."

"현재 바레가족의 법적 지위는 불법체류자입니다. 때문에 바레가족에 대한 사법관할권은 대한민국에 있습니다."

올리비아가 반발했다.

"하지만 키메라 사건 이후 한국 정부와 생팀 코퍼레이션은 습득물에 대해 동일한 비율로 권리가 있다고 합의했습니다."

"바레가족은 습득물이 아닙니다."

"습득물이란 말은 취소하겠어요. 하지만 양측의 합의 정신

의 본질을 생각해 보면 역시 습득물이란 단어 속에는 바레가
족도 포함됩니다."

역시 올리비아는 호락호락하지 않았다.

평행선을 달리는 팽팽한 대립을 종식시키는 방법은 하나
뿐이다.

"당사자인 아니타의 의견에 따르기로 하죠."

아니타가 할 수 있는 대답은 처음부터 정해져 있었다.

"저기… 혹시 양쪽 분이 함께 힘을 모아 저희 부족을 고쳐
주시면 안 될까요."

아니타의 큰 눈에 그렁그렁 눈물이 고였다.

그 모습을 보고 있자니 이해득실에 따라 다투는 일이 부질
없이 느껴졌다.

올리비아와 김성한 박사도 같은 생각인 것 같았다.

김성한 박사가 먼저 주장을 굽혔다.

"공동·연구를 합시다. 장소는 생텀 코리아 연구소로 하는
것이 어떻겠습니까?"

"좋아요. 각각 동수의 연구원으로 조사단을 구성하죠."

올리비아의 화답으로 지루하던 회담은 끝을 맺었다.

그러나 천신만고 끝에 성립된 공동 조사단의 연구는 현 과
학 수준으로는 어떻게 인간을 오크로 만들었는지 알 수 없다
는 결과를 남기고 끝났다.

연구 결과를 설명한 올리비아는 무혁에게 통보하듯 말했
다.

　"콩고민주공화국에 가주서야겠어요."

　결과가 어떻게 나왔든 가려고 했던 콩고민주공화국이다.

　거절할 이유가 없으니 바로 출발 날짜가 정해졌다.

제21장

고블린

Sanctum

한국—두바이—나이로비를 거쳐 콩고민주공화국의 수도 킨샤샤로 들어가는 지옥 같은 항공편과 콩고 민주공화국의 불안한 정세를 이유로 일행의 이동은 미 공군의 수송기를 이용하기로 했다.

그래서 일행의 출발지는 미 공군이 주둔 중인 오산 비행장으로 정해졌다.

오산 비행장에 도착해 주기된 비행기를 본 세바스찬은 로봇 장난감을 선물받은 어린이처럼 행동했다.

"금속으로 만들어진 탈것이 하늘을 난다는 사실이 실감이 안 나."

"비행기에 대해 설명해 줬잖아."

"내가 마법에 대해 설명한다고 형이 원리를 이해하는 건
아니잖아."

"그건 그렇다."

일행이 이용할 비행기는 미 공군의 C—5 갤럭시 수송기였
다.

전장 75.31m를 자랑하는 C—5 갤럭시를 목격한 세바스찬
은 현실을 농담으로 받아들였다.

"날 놀리는 거지? 이런 거대한 놈이 뜬다구?"

"뜨다뿐이야. 우릴 단숨에 목적지까지 데려다 줄 거야."

로미는 겁을 냈다.

"오빠, 겁나요."

"지금 이 순간에도 지구인들은 이런 비행기로 수백만 명이
이동하고 있어."

두 사람을 달래고 이해시키는 데 여념이 없는 무혁과 달리
니콜은 평온 그 자체였다.

그런 니콜을 당황하게 만든 건 갤럭시 수송기 안, 팔레트에
로프로 결박되어 있는 레인지로버 한 대와 팔레트에 설치된
패러슈트였다.

"설마 우릴 항공투하하려는 생각일까요?"

"콩고민주공화국과 르완다를 비롯한 주변국의 상황을 고려하면 현명한 판단이겠지."

"무혁 오빠와 나야 낙하 경험이 있으니 그렇다 해도, 저 두 사람이 낙하산을 받아들일 수 있을까요?"

"어쩌겠어. 기절시켜서라도 데려가야지."

말은 그렇게 했지만 무혁은 그리 걱정하지 않았다.

과거 항공투하 작전은 바람과 운에 영향을 많이 받았다.

때문에 투하한 화물이 목적지에서 멀리 벗어나 랜딩하는 경우가 허다했다.

그러나 기술의 발전은 놀라웠다.

최근에는 GPS를 이용한 자동 패러슈트가 개발되어 목적한 위치에 화물을 정확하게 투하할 수 있었다.

태어나 최초로 하늘을 날게 된 벅찬 감동과 어쩔 수 없는 공포를 동시에 경험하고 있는 승객 두 명과 그 승객을 달래는 두 명의 승객을 태운 수송기는 공중급유까지 해가면서 12시간 만에 목적지에 도착했다.

길고긴 비행시간 동안 일행에게 말 한마디 걸지 않던 승무원이 엄숙한 표정으로 다가왔다.

"랜딩 존에 도착했습니다. 준비해 주십시오."

무혁과 니콜은 낙하산을 짊어지고 로미와 세바스찬에게도

낙하산을 착용시켰다.

"이게 뭐야?"

"낙하산이란 장치야."

"뭐에 쓰는 물건이야? 배낭인가?"

길게 끌어 좋을 일이 아니다.

이제 두 사람에게 그들이 처한 암울한 현실을 이야기해 줄 차례다.

"일종의 플라이 마법이 걸린 장치라고 생각하면 돼."

"혹시… 우리보고 하늘에서 뛰어내리라고 말하는 거야?"

눈치도 빠르다.

무혁은 말했다.

"비행기 뒤편 램프가 열리면 뛰어내릴 거야."

"……."

"……."

잠시 침묵이 흐른 후 세바스찬이 말했다.

"미쳤어?"

"……."

웃음기 쏙 뺀 진지한 무혁의 표정을 본 세바스찬이 다시 말했다.

"진심이구나?"

"그래."

"싫어."

반항과 거절과 협박과 회유와 꼬드김의 시간이 흘러갔다.

그중에서도 가장 큰 효과를 보여준 것은 단연 자존심 긁기였다.

"너, 무서워서 그러지?"

"아냐."

"무서워서 그러는데, 뭐."

"아니라고 했잖아."

"그럼 왜 안 하겠다는 건데?"

"……"

"대 도멜 백작가 1,000년 역사를 통틀어 최고의 기재라고 평가받았던 세바스찬 폰 도멜 남작은 어디가고……."

"알았어, 알았다고. 뛴다고! 뛰어!"

알았다고는 했지만 램프가 열리고 거친 바람과 귀청을 찢는 듯한 엔진 소리, 그리고 밤의 아프리카 대륙이 모습을 드러내자 또 한 번의 소란이 벌어졌다.

"미친 짓이야. 이건 미친 짓이라고."

"내가 먼저 뛸게요."

결국 로미가 나서서야 일행은 점프를 할 수 있었다.

식료품과 무기가 실린 레인지로버를 필두로 일행은 검은 아프리카 대륙을 향해 몸을 던졌다.

*　　　　*　　　　*

　사바나의 밤은 야생동물들의 천국이다.

　진부하지만 더할 나위 없이 완벽한 표현이었다.

　무혁은 레인지로버 주위를 배회하는 하이에나들의 눈빛에 자기도 모르게 몸을 떨었다.

　비행기에서 자신의 엉덩이를 발로 차 밀어버린 원한을 갚을 찬스를 호시탐탐 노리고 있던 세바스찬이 이런 장면을 놓칠 리 없다.

　"겁쟁이."

　"……."

　시계를 보니 3시다.

　목적지인 바레가족의 마을까지 거리는 직선으로 15㎞.

　그리 멀지 않은 거리지만 어두운 사바나를 횡단하는 무리를 하고 싶지 않았던 무혁은 해가 뜬 후 출발하기로 했다.

　"배부터 채우자고."

　레인지로버에는 미군의 전투식량인 MRE가 상당량 실려 있었다.

　그나마 다행이었다.

　사실 로미와 세바스찬은 주로 매운 메뉴가 대부분인 한국

군 전투식량을 좋아하지 않았다.

그런데 뜻밖의 반응이 돌아왔다.

데워진 MRE를 한입 먹은 세바스찬과 로미가 말했다.

"이거 뭐야? 오크가 토한 걸 다시 주워 먹는 느낌이야."

"음식이 이상해요."

하긴 MRE는 멋진 포장을 뜯어, 열심히 요리한 후, 버린다고 할 정도로 미군에게 인기가 없긴 하다.

결국 일행은 무혁이 따로 준비한 컵라면으로 배를 채웠다.

생각보다 아프리카의 밤은 쌀쌀했다.

일행은 모포로 추위를 견디며 동이 트기를 기다렸다.

아프리카의 첫인상은 광활함이었다.

무혁은 인간의 시력을 시험하듯 시야의 끝까지 펼쳐진 사바나의 초원에 압도되고 말았다.

"내가 살아온 영역이 얼마나 좁았는지 절실히 느끼고 있어."

"바로 그 느낌 때문에 방랑에 나섰었지. 덕분에 여기에 서 있기도 하고."

세바스찬도 나름 감개무량한 모양이었다.

로미는 멀리서 무리 지어 이동하는 수백 마리의 버팔로 무리에 감동하고 있었다.

"소들을 사냥하지 않네요?"

"자신들의 문화를 지키며 살고 있는 원주민을 제외하면 사냥은 불법이거든."

"참 좋은 생각이에요."

"인간이 저지른 잘못에 대한 반성이지. 불과 100년 동안 인간은 수없이 많은 동식물을 멸종시켰거든. 고기를 먹기 위해서가 아니라 스포츠나 정력제를 구한다는 이유로 말이야."

이런저런 대화를 나누며 바레가족의 마을을 향해 달리면서 무혁은 한 가지 이상한 점을 발견했다.

"로미, 그런데 생텀에도 코끼리가 있어?"

"그럼요. 당장 제가 살고 있던 유리아단테 교국의 동물원에도 4마리가 있었거든요."

세바스찬도 코끼리에 대한 경험담을 늘어놓았다.

"투마라야라는 토호국에서 야생의 코끼리를 본 적이 있어. 지금 생각해 보면 엄청난 모험이었지. 은둔의 왕국이라고 불리던 투마라야 토호국에 가려면 아스텐야 왕국에서 배로 바다를 건넌 다음 대상들의 틈에 끼어 라하사 사막을 건너야 했어. 꼬박 한 달이 걸리는 험난한 여정이었지."

"그럼 혹시 악어는? 사자는? 호랑이는?"

"있어, 있다고. 지금까지 내가 지구에서 본 동물은 모조리 있어."

지구에 있는 생물은 생텀에 있다.

그러나 생텀에 있는 생물은 지구에 없는 경우도 있다.

그 사실을 인지한 순간 설명하기 힘든 이상한 느낌을 받았다.

지금까지 무혁은 생텀이란 세상에 대해 크게 생각해 본 적이 없다.

그저 판타지 소설 속의 세상이라거나 다른 차원의 세상쯤으로 치부하고 있었을 뿐이다.

그러나 사실 이상한 일이다.

이렇게 닮은 사람들이 시간의 차이는 있지만 중세라는 비슷한 문명을 영유하며 살고 있다.

유전자도 비슷하고, 살고 있는 생명체도 대동소이한 상태로 말이다.

'하지만 달라.'

두 문명을 가르는 지점에는 언제나 마나가 존재한다.

문득 이런 생각이 들었다.

'혹시 마나가 이들의 문명을 정체시킨 건 아닐까?'

마법으로 불을 만든다.

성냥이나 라이터를 발명할 이유가 없다.

마법으로 하늘을 난다.

비행기를 발명할 필요가 없다.

반지를 문질러 상대방과 이야기를 한다.

통신에 신경 쓸 사람이 누가 있을까?

생텀의 신은 자신들의 창조물에게 마나를 선물해 주었지만 지구의 신은 그렇지 않았다.

그러나 마나는 귀족이라는 특권층의 전유물이다.

인간 자체의 능력에 차별을 두지 않은 지구의 신이 인간을 더 사랑하는 신일 수도 있다.

＊　　　＊　　　＊

한 시간 정도 느린 속도로 초원을 횡단하자 바레가족의 마을이 모습을 드러냈다.

마을은 인기척 하나 없이 조용했다.

마을 입구에 레인지로버를 멈춘 무혁은 로미를 불렀다.

"축복 부탁해."

"네."

언제 받아도 기분 좋은 축복을 받은 후 무혁은 세바스찬에게 말했다.

"마을을 정찰해 줘."

"알았어."

정찰이랄 것도 없이 마을은 텅텅 비어 있는 상태였다.

무혁은 로미에게 혹시 있을지 모를 디바인 마크를 찾도록 했다.

로미는 마을 광장에 마법진을 그린 후 그 중앙에 앉았다.

"울도 때와는 다르네."

"그때는 부패의 대지가 펼쳐져 있는 상태라 불가능했지만 여기는 그렇지 않아서 유리아 여신님의 속성을 발휘할 수 있어요."

이해는 잘 안 되지만 찾을 수 있다니 좋은 일이다.

그러나 그런 바람은 수포로 돌아갔다.

10여 분 정도 기도를 올린 로미는 고개를 저었다.

"여긴 없어요."

일이 순조롭게 흘러가지 않았다.

무혁은 다음 목적지를 아니타가 알려준 은신처로 정했다.

오크로 변한 바레가족이 숨어 살던 은신처는 사바나 초원지대가 아니라 카후지—비에가 국립공원의 중심부인 험준한 산악지대 안에 있다.

"남서쪽으로 대략 96km, 지금 출발해도 꼬박 하루는 걸리지 않을까 싶어."

"빨리 출발하죠."

미국이 사막의 롤스로이스라고 불리는 레인지로버를 준비해 준 건 탁월한 선택이었다.

레인지로버는 진흙과 날카로운 돌이 난무하는, 길이라고 말하기에도 민망한 길을 잘도 달렸다.

*   *   *

아프리카의 태양이 중천에 떠오르자 레인지로버는 사바나 지역과 정글의 인접 지역에 도착했다.

무혁은 정글에 들어가기 전에 점심을 먹기로 했다.

세바스찬은 발열팩으로 데운 MRE를 한 수저 먹더니 멀리 던져 버렸다.

"새벽에도 말했지만 이건 음식이 아니야. 나 컵라면 먹을 래."

"없어."

있기야 했지만 세바스찬 줄 건 없다는 이야기다.

무혁도 MRE의 기괴한 맛에 질려 버리긴 마찬가지다.

MRE는 모두 24종류의 메뉴로 구성되어 있다. 당연히 이중에는 인기 있는 메뉴가 있고 인기 없는 메뉴가 존재한다.

군 시절, 미군들은 합동 훈련을 끝내고 나면 부대 복귀 전 땅을 파고 남은 MRE를 묻곤 했다.

시중에 돌아다니는 MRE 중 상당수가 바로 그런 물건을 다시 파낸 놈들이다.

무혁은 확신했다.

'미군 놈들 일부러 맛없는 놈으로만 골라 넣은 게 분명해.'

그러거나 말거나 세바스찬은 배고픔을 자신의 능력으로 해결하기로 한 것 같았다.

그는 200m정도 전방에서 무리를 지어 지나가던 임팔라 영양 무리를 향해 몸을 날렸다.

"멈춰."

무혁의 목소리는 그리 크지 않았다.

솔직히 무혁도 MRE를 먹으니 아프리카의 대지에서 사냥한 임팔라 영양의 맛을 보는 호사를 누리고 싶었다.

'바보, 저격하면 되는걸.'

다만 그렇게 생각했을 뿐이다.

임팔라 영양 무리는 리더인 수컷 한 마리와 다수의 암컷으로 구성된다.

리더인 수컷은 달려오는 세바스찬을 적으로 간주했다.

꾸루룩!

수컷이 경고하고 달리기 시작하자 암컷들이 그 뒤를 따라 도주하기 시작했다.

수컷은 달려오고 있는 인간이 가소로웠다.

꾸르르륵!

최고 도약 거리가 9m에 달하고 작은 관목쯤은 단숨에 뛰어 넘을 수 있는 임팔라 영양을 인간의 다리로 붙잡는 일은 불가능하다.

수컷은 수십 마리의 경쟁자를 물리치고 이 하렘의 주인이 됐고 치타와 사자의 집요한 공격에서 무리를 보호해 왔다.

그러나 수컷의 생각은 오판이었다.

세바스찬은 보통의 인간이 아니었다.

세바스찬은 무리의 가장 뒤에서 뛰고 있는 암컷을 목표로 삼았다.

'내 기억이 정확하다면 영양의 고기는 소고기보다 맛있어.'

그 기억이 틀렸더라도 MRE보다야 100배쯤 낮다는 확신을 가지고 세바스찬은 다리에 마나를 집중시켰다.

총알처럼 가속된 세바스찬의 몸이 임팔라 영양의 지근거리에 도달했다.

쿠르르륵!

세바스찬은 막 도약하려는 임팔라 영양의 뒷다리를 향해 손을 내밀었다.

크르르릉!

그때 무언가 거대하고 누런 덩어리가 세바스찬이 노렸던

임팔라 영양을 덮쳤다.

크르릉!

"…뭐냐!"

누런 덩어리의 정체는 암사자였다.

암사자가 불쌍한 임팔라 영양의 목에 송곳니를 처박은 채 세바스찬을 노려보았다.

세바스찬도 지지 않고 암사자를 노려보았다.

'내 점심을 가로채?'

크르릉!

암사자는 혼자가 아니었다.

같은 프라이드 소속의 암사자 4마리가 주위에 모여들었다.

크르르릉!

크르릉!

사자들의 눈에는 세바스찬이 저녁거리 정도로 보였겠지만 그 점은 세바스찬도 마찬가지였다.

'다 죽었어.'

세바스찬은 허리춤에서 단검을 빼 들었다.

상황을 지켜보고 있던 무혁은 황급히 통신반지를 문질렀다.

[세바스찬. 사자는 죽이면 안 돼.]

[왜? 이놈들이 내 점심을 가로챘다고.]

[사자는 보호 동물이야. 죽이면 감옥에 가.]

[안 죽이면?]

[……]

세바스찬은 사자를 죽이지 않았다.

다만 흠씬 두들겨 팼을 뿐이다.

한 인간이 다섯 마리의 배고픈 사자를 두들겨 패는 장면은 잘 짜여진 슬랩스틱 코미디를 보는 것 같았다.

퍽!

크렁!

퍼퍽!

크엉!

퍽!

컹!

분노한 세바스찬 앞에서 밀림의 왕자, 사자들은 새끼 고양이에 불과했다.

그래도 세바스찬은 너그러운 사람이었다.

세바스찬은 임팔라 영향을 이등분 한 후 낑낑거리며 뒤로 물러나는 사자들에게 절반을 던져 주는 친절을 베풀었다.

임팔라 영양 스테이크로 식사를 마친 일행은 레인지로버가 더 이상 진행할 수 없는 지점에 도달했다.

이 지역은 세계적인 희귀종인 동부저지대고릴라(Eastern lowland gorilla) 200~300마리를 보호하기 위해 설정된 해발 2,100~2,400m의 고산지역이다.

GPS에 의하면 바레가족의 은신처까지는 직선거리로 5km 정도였다.

각자의 짐을 짊어진 일행은 정글로 들어갔다.

방탄 성능에 더불어 체온까지 유지해 주는 조끼와 OPB, 그리고 로미가 부여해 준 축복의 힘은 대단해서 일행은 더위도, 추위도, 힘겨움도 느끼지 않은 채 정글 산악지역을 주파할 수 있었다.

＊　　　＊　　　＊

한국의 산과 사뭇 다른 정글은 풍광은 생소했지만 아름다웠다.

세바스찬은 풍경 말고도 또 다른 즐거움을 찾아냈다.

"바나나다."

"……."

말릴 틈도 없이 세바스찬이 껑충 뛰더니 칼을 휘둘러 바나나 송이를 잘라냈다.

그리고 아직 노랗게 변하지 않아 파란 바나나를 한 개 껍질

벗겨 입에 쓸어 넣고 씹었다.

세바스찬의 인상이 구겨졌다.

"이게 뭐야. 맛이 왜 이래?"

"크크크크."

세바스찬이 먹은 바나나는 프랜틴 바나나다.

프랜틴 바나나는 전분 함량이 높기 때문에 가열해서 먹지 않으면 마치 무 같은 식감에 아무 맛이 없다.

"우리가 흔히 먹는 바나나는 캐번디시 바나나야. 원래는 그로미셸 바나나를 먹었는데 파나마 병 때문에 멸종했지. 단일 품종 대량재배의 위험을 말해주는……."

"퉤. 쉿!"

씹던 바나나를 뱉어버린 세바스찬이 바스타드 소드를 치켜 올리며 경고 신호를 보냈다.

"고블린이야."

"……."

경계를 하고 있는 세바스찬 대신 로미가 고블린에 대해 설명해 주었다.

"고블린은 오크처럼 녹색 피부를 가진 작은 몬스터예요. 주로 산이나 굴에 살며 부는 독침을 쓰는 습성이 있죠."

"이곳이 아프리카가 아니라 생텀이라고 해도 믿겠다."

솔직한 심정이었다.

한편으로는 네크로맨서가 바레가족으로 오크를 만들었듯이 고블린은 어떤 생명체로 만들었을지가 궁금해졌다.

"니콜, 로미를 부탁해."

무혁이 굳이 말하기도 전에 니콜은 배낭에서 방수포를 꺼내 로미에게 뒤집어씌우고 있었다.

"이걸 써. 바람총 정도로는 뚫지 못할 거야."

"고마워요."

무혁도 바스타드 소드를 집어 들고 정신을 집중했다.

확실히 정글 저편에서 인간이라기에는 확연히 작은 생명체의 움직임이 느껴졌다.

생명체들은 일직선으로 일행을 향해 접근하고 있었다.

'그렇다고 오크는 아니야.'

무혁은 그 움직임을 머릿속에 기억했다.

세바스찬이 소리쳤다.

"준비!"

먼저 정글의 풀숲 속에서 수십 발의 바람총 독침이 튀어나왔다.

그러나 미리 준비를 한 터라 피해는 없었다.

동시에 정글의 풀숲이 흔들거리더니 키가 1m쯤에 유난히 큰 눈과 코를 가진 녹색 생명체들이 뾰쪽한 막대기를 휘두르며 튀어나왔다.

까르르륵!

까르륵!

까르~ 륵!

세바스찬이 바스타드 소드을 휘둘러 고블린을 베어갔다.

부우웅!

서걱~!

단 한 칼에 고블린 세 마리의 허리가 양단되었다.

무혁도 바스타드 소드를 휘둘렀다. 단 검날 대신 검면으로
고블린을 후려갈겼다.

펑!

까룩!

무혁은 소리쳤다.

"가능하면 죽이지 마."

세바스찬이 대꾸했다.

"가능하면!"

대답은 그렇게 했지만 세바스찬도 검면을 사용하기 시작
했다.

팡!

펑!

두 개의 바스타드 소드가 가죽 북소리를 만들어냈다.

까룩!

까룩!

그때마다 고블린들이 죽는 소리를 지르며 이곳저곳에 처박혔다.

단숨에 30여 마리의 고블린을 처리한 세바스찬이 고개를 갸웃거렸다.

"고블린은 아이나 노인 같이 약한 인간을 공격해. 뻔히 죽을 줄 알면서 이렇게 죽자 살자 덤벼드는 건 비겁쟁이 고블린답지 않아."

"그럼 지금 이 상황은 뭔데?"

"마을이 침략당했거나 아니면 우리보다 더 강한 적에게 쫓기는 경우지. 아~!!"

세바스찬이 소리쳤다.

"오거다!!"

세바스찬의 말에 화답이라도 하는 것처럼 정글 너머에서 육중한 발소리가 들렸다.

쿵!

쿵!

"세 마리. 아니, 네 마리."

곧이어 정글을 뚫고 무혁 키보다 긴 몽둥이를 든 오거 4마리가 모습을 드러냈다.

오거가 나타나자 이리저리 처박혀 신음을 내뱉고 있던 고블린들이 기어서, 혹은 절뚝거리며 도망쳤다.

고블린들에게는 부러진 다리의 고통보다 오거가 더 무서운 존재인 것 같았다.

"젠장!"

세바스찬이 가장 선두의 오거에게 달려들어 바스타드 소드를 내질렀다.

서걱!

그리고 다시 껑충 뛰어 또 다른 한 마리의 주의를 끌었다.

쿠와와왕!

쿠왕!

니콜도 AWSM을 치켜들었다.

무혁도 가만있을 수 없어 마지막 남은 오거 한 마리를 맡고 나섰다.

지근에서 본 오거의 위압감은 상상 이상이었다.

바스타드 소드가 오거의 갑주같이 두터운 가죽을 벨 수 있다는 확신이 들지 않았다.

'그래도!'

무혁은 오러를 검신에 덧씌우고 오거 앞에 버티고 섰다.

쿠와와와왕!

포효하는 오거의 입이 무혁이 통째로 들어가도 여유가 남을 정도로 커 보였다.

곁눈질로 확인하니 니콜은 이미 한 마리의 오거를 쓰러뜨렸고 세바스찬은 오거 몸에 기하학적 문양을 새기고 있는 중이었다.

"비켜요."

니콜이 무혁 몫의 오거를 겨냥하고 있었다.

괜한 자존심이 스멀스멀 피어올라 잠들어 있던 수컷의 본능을 자극했다.

"쏘지 마!"

니콜이 황당하다는 듯 무혁을 바라보았다.

두 마리의 오거와 어울려 칼춤을 추고 있던 세바스찬이 웃었다.

"니콜, 형 말대로 해. 내 거도 쏘지 말고. 오랜만에 몸 좀 풀자."

같은 수컷으로서 무혁의 마음을 이해한 것이다.

멍해진 니콜은 로미에게 물었다.

"저 바보들을 어떻게 할까?"

"멍청함에는 약도 없다고 하잖아요. 유리아 여신님도 멍청한 건 못 고쳐요."

"하긴……."

니콜은 바보 두 명에게 신경을 끄고 사주경계를 시작했다.

세바스찬이 첫 번째 오거를 쓰러뜨렸다.

몽둥이를 피해 품으로 파고든 세바스찬이 찌른 바스타드 소드가 오거의 목을 뚫고 뇌간을 관통한 것이다.

세바스찬이 숫자를 헤아렸다.

"한 마리!"

니콜이 따라 중얼거렸다.

"멍청이 한 마리!"

"호호호호."

잠시 후 또 세바스찬 몫의 오거가 쓰러졌다.

세바스찬은 지면에 붙듯이 움직이며 오거의 아킬레스건을 잘라냈고 중심을 잃고 쓰러지는 오거의 심장에 바스타드 소드를 박아 넣었다.

"두 마리. 끝! 형 뭐해?"

마음이 조급해졌다.

몇몇 상처를 입히기는 했지만 그 상처는 생채기 수준이었다.

부우웅!

부웅!

무혁은 날아오는 몽둥이를 가장한 기둥을 피하기에도 벅찼다.

"나랑 대련할 때를 기억해. 집중하면 피부 속 근육의 움직임이 보인다고."

"시끄러워."

안다.

알지만 급박한 순간에 그런 움직임이 보일 리 없다.

"도와줄까?"

세바스찬의 말이 안 그래도 상처받은 자존심에 송곳처럼 구멍을 냈다.

"입 다물어."

부우웅!

몽둥이를 피해 뒤로 훌쩍 물러난 무혁은 길게 심호흡을 했다.

'생각해 보면 지금도 몽둥이는 다 피하고 있잖아.'

문제는 공포다.

공포를 이기고 오거의 품 안으로 뛰어들지 못하면 이길 수 없다.

'젠장.'

그러나 어떻게 그 공포를 이긴단 말인가.

무언가 잠시 공포를 잊게 만들 계기가 필요했다.

다행히 그 계기는 멀리 있지 않았다.

자신이 죽인 오거를 깔고 앉아 싱글거리고 있는 세바스찬의 얼굴을 본 순간.

이성의 끈을 놓아버린 무혁은 바스타드 소드에 오러를 최대한 불어 넣었다.

아지랑이 같던 오러가 살짝 더 진해지며 연기처럼 형태를 갖추었다.

"죽엇!"

무혁은 오거에게 뛰어들며 크게 바스타드 소드를 휘둘렀다.

부우우웅!

오거도 몽둥이를 가장한 기둥을 휘둘렀다.

바스타드 소드와 기둥이 만나자 기둥이 두부처럼 잘려 나갔다.

서걱!

바로 그 순간 무혁은 더 큰 오러를 상상했다.

상상에 반응이라도 하는 것처럼 아지랑이를 넘어 연기처럼 피어오르던 오러가 순수한 백광을 만들어냈다.

무혁이 마나를 수련한 이래 처음으로 진정한 오러를 만들어낸 순간이다.

서걱!

바스타드 소드가 오거의 두터운 가죽을 깊숙이 잘라냈다.

갈라진 가죽 사이로 푸른 피가 흘러나왔다.

전투를 시작한 후 처음으로 만든 상처다운 상처다.

"다 죽었어."

용기백배한 무혁은 오거에게 달려들었다.

시작은 창대했지만 결말은 비참했다.

용기를 북돋아주던 선명한 오러는 곧바로 바닥난 마나 덕분에 할아버지 오줌 줄처럼 사그라졌고, 무혁은 바스타드 소드라는 쇳덩어리를 든 평범한 남자로 전락했다.

만일 항상 착용하고 있는 생텀 코퍼레이션 지급품 아티팩트와 로미의 축복과 마나를 익히기 전에도 특별했던 체력이 아니었다면 단숨에 목숨을 잃었을지도 몰랐다.

무혁이 위협에 빠지자 세바스찬이 끼어들어 오거의 목을 땄다.

니콜이 말했다.

"오거에게 뛰어들 때만 해도 단칼에 목을 벨 줄 알았어요."

"그게… 헉, 헉, 헉."

로미도 말했다.

"신경 쓰지 마세요. 처음에는 다 그런 법이에요."

"……"

무혁은 비난보다 위로가 더 상처가 될 수 있다는 사실을 배웠다.

이 상황에 세바스찬이 빠질 리 없다.

"형이 오거를 이기다니……. 백 년은 일러."

"……."

하긴 세바스찬도 오거와 반나절을 싸우고도 무승부였다고 했다.

결국 세바스찬이 쉽게 오거를 죽일 수 있었던 이유는 로미의 축복 덕분이다.

그 사실을 깨닫고 나니 더 비참해졌다.

'난 축복을 받고도 오거를 죽이기는커녕 도리어 죽을 뻔했잖아.'

무혁은 강하다고 생각했던 자신에 대한 평가를 수정했다.

'아직 멀었어. 정말 뭐라도 해야겠어.'

잠시 휴식을 취한 일행은 오거를 땅에 묻고 GPS 위치를 확인해 두기로 했다.

강원도에서 잡은 오거를 피 말리는 줄다리기 끝에 4억 원에 팔았던 경험에 희망을 더해 무혁은 말했다.

"가난뱅이 생연이 그 정도니, 부자인 생텀 코퍼레이션은 최소 두 배는 낼 수 있을 거야."

니콜은 회의적인 반응을 보였다.

"썩지 않는다면 말이죠."

하지만 일행에게는 도깨비방망이 같은 기적을 밥 먹듯이 행하는 로미가 있다.

로미는 약간의 신성력으로 오거 시체를 보존할 수 있게 만들었다.

내친김에 고블린 몇 마리도 오거와 함께 묻은 후 무혁은 목적지를 바레가족의 은신처에서 고블린의 소굴로 변경했다.

"고블린들이 원래 어떤 생명체였는지도 궁금하고 그런 괴물들을 놔두고 갈수도 없잖아."

"동감이에요."

"나도 동감. 추적이라면 맡기라고."

"저도요."

언제나처럼 세바스찬을 앞장세운 일행은 정글 깊숙한 곳으로 들어갔다.

*   *   *

살짝 짓눌린 풀과 부러진 작은 나뭇가지를 이정표 삼아 추격을 시작한 지 세 시간 만에 일행은 집채만 한 돌들이 무질서하게 쌓여 있는 암석지대에 초입에 도착했다.

그리고 동시에 고블린들의 마을을 확인했다.

"……."

"……."

"……."

"……."

일행을 일순 침묵에 빠뜨린 고블린들의 마을은 놀랍게도 얼기설기 늘어진 전깃줄과 녹슨 양철 지붕, 심지어 낡은 자동차까지 있는 엄연한 인간의 마을이었다.

마을 입구에는 프랑스어와 영어로 적힌 명판이 있었다.

그 명판을 읽은 무혁은 고블린의 정체를 알아차렸다.

아프리카에 오기 전 나름 많은 준비를 했다.

그 준비 속에는 목적지 인근의 원주민에 대한 공부도 있었다.

일행의 목적지인 콩고민주공화국 동부지역에는 대한민국에도 잘 알려져 있는 한 부족이 살고 있다.

아수아(Asua), 에페(Efe), 캉고(Kango)라는 이름의 일파를 가진 이 부족은 현지인들에게도 서브—휴먼(Sub—Human)이라 불리며 차별받는 존재다.

그 전형적인 예가 2007년 콩고민주공화국에서 열린 범아프리카 음악축제다.

이 축제에 초대받은 이 부족을 주최 측은 동물원에 투숙시켰다.

1990년 벌어진 르완다와 부룬디 내전 때는 투치족과 후투족의 싸움에 휘말린 이 부족의 일파, 트와(Twa)족의 30퍼센트가 학살당하기도 했다.

더욱이 비참한 현실은 현재 콩고민주공화국의 동부지역을 장악하고 있는 콩고민주회의 소속의 반군들 사이에서 이들을 먹으면 영생을 한다는 미신이 급속도로 퍼져 가고 있다는 사실이다.

더 슬픈 사실은 이 부족이 그런 슬픈 역사와 현실을 가지고 있으면서도 한없이 낙천적인 부족이란 점이다.

이들은 자신들의 운명에 저항하지도, 원망도 하지 않으며 평생토록 노래와 춤을 즐기며 살다 죽어간다.

슈아(Sua) 무탈리(Mutali) 아피(Appi)라는 독화살을 주 무기로 하고, 다 큰 성인의 키가 140㎝를 넘지 않는 이 부족의 이름은 피그미 족(Pygmy)이다.

이렇게 불쌍한 부족이 이번에는 네크로맨서의 마수에 걸려 고블린으로 변했다.

마을을 살펴보던 무혁은 욕설을 내뱉었다.

"개자식!"

검은 로브를 뒤집어쓴 남자가 마을 한복판에서 어슬렁거리고 있었다.

머릿속에서 무언가가 툭하고 끊긴 무혁은 튕기듯 뛰쳐나
갔다.

그리고 소리쳤다.

"카이탁!"

『생텀』3권에 계속…